海空陸
MISORA
VON
落第騎士英雄譚
Cavalry
5

序章

祭典的樂聲

七星劍武祭開幕前一刻，月影總理丟出這張牌，帶給社會上莫大的衝擊。

「國立曉學園」的設立。

不過，這也是理所當然的。

國際騎士聯盟的加盟國，必定將國家的戰力，也就是伐刀者們委託給聯盟本部培育。這已經是約定俗成的潛規則。

而月影打破了慣例，並在公開場合宣布設立國立的伐刀者教育機構——此舉等同於宣告他將掌握日本這個國家的主權。

這個行為，等於是對聯盟宣戰。

對於月影的舉動，國內的輿論則是一分為二。

一派為否定派。

此派的意見大多相當慎重。他們認為日本已經在聯盟之中，和平度過半世紀以上，不該輕易改造整個組織構造；更何況七星劍武祭是屬於學生的祭典，月影不但將之利用於政治之上，還襲擊破軍學園，造成校園半毀，他的強硬手段引起此派民眾的純粹反彈。

另一派則是肯定派。

此派的意見則是認為，伐刀者負責守衛整個國家，而培育伐刀者的職責竟然委託給國外的機構，本來就很奇怪。日本本來就應該主導本國的伐刀者教育，月影只是導正這個半世紀以來的錯誤而已。更加偏激的民眾，更認為日本這個國家足以與俄羅斯、美國等大國並駕齊驅，本來就不應該參加聯盟，聯盟不過是個弱者的集團罷了。

就連平常對政治不感興趣的人們，也都紛紛表態。

「月影的做法太過強硬，令人反感。」

「破軍學園遭襲是否定派捏造的。實際上曉學園只使用『幻想型態』，根本沒有傷亡。」

「我不想讓我的孩子為了他國之間的戰爭出戰，日本應該從聯盟獨立，變成一個和平的國家。」

「聽說月影和〈解放軍（恐怖分子）〉勾結，那個男人一點都不可信。」

「到頭來，日本在半世紀之前本來就不應該參加聯盟。」

有些是在某個好友的酒會上，又或者是婆婆媽媽們的路邊閒聊。

有些人更是主動發起社會運動，在路上大聲宣揚——

所有人都有所察覺。

巨大時代的浪潮，即將席捲而來。

日本這個國家，應該繼續存在於國際騎士聯盟之中？

又或者是該成為一個完全獨立的國家？

七星劍武祭即將開賽，這場比賽將會決定一切。

月影率領的國立曉學園，他們若是能如同月影誇下海口，在比賽中展現同等的實力，輿論將會一口氣倒向「脫離聯盟」這方。

反之，倘若現存的七校擊敗了曉學園，月影的說詞就無法影響群眾。

這場異樣的七星劍武祭，甚至左右著國家的未來。

前所未有的興奮與關注都投注在這個學生們的祭典——而現在，祭典已經迫在眉睫。

第一章　全國的勁敵們

遠離大阪市中心，位於灣岸的海埔新生地。

此處有著一棟棟的高樓大廈，不過卻杳無人煙。

數十年前，這裡趁著都市開發，蓋滿了建築物，但最重要的招商卻不順利。這些新屋沒有承租戶入住，下場就是直接遭到棄置，成了政策失敗的遺跡。

這座鬼城平常荒涼到連隻小貓都看不到，如今卻充滿活力。路旁攤商林立。日本列島全域的人們都聚集在此，熱鬧與喧囂彷彿能湧上天際。

為何人們會聚集於此？

原因只有一個。

兩天後——位於這座鬼城的「灣岸巨蛋」，將要舉行一年一度的學生騎士祭典，七星劍武祭。與職業魔法騎士們的格鬥表演秀——ＫＯＫ(King Of Knights)聯賽相比，七星劍武祭這場盛會更加吸引國民的目光。

歷年來不只是門票，周遭的住宿設施也非常搶手。

不過，以國立曉學園襲擊破軍學園為開端，一連串的騷動使得今年賽事的注目程度更上層樓。

如此一來，住宿的競爭率必定會跟著翻倍。

國內外形形色色的人們爭先恐後地抵達現場，從開賽前兩日開始，會場周遭就圍繞著異常的熱度。

而且，提早抵達會場的不只是觀眾們。

七星劍武祭的出賽選手大多會在開幕式之前，提早抵達現場，前往大會提供的選手宿舍稍作歇息。

落第騎士（Worst One）黑鐵一輝，他身為破軍學園代表團的團長，背負著校旗，自然也身在其中，提前抵達會場。

「……嗯——總覺得看起來很怪啊。」

這裡是旅館的房內，裝潢別致清爽，備用品一應俱全。

一輝站在古董樣式的全身鏡前方，看著鏡中的自己，臉上滿是困惑。

他身上的服裝並非平時的制服。

只見一輝穿上深紺色的燕尾服，搭配同色系的蝴蝶領結，鞋子則是光澤閃亮的皮鞋，全身從上到下打扮得相當氣派。

當然，這身裝扮並非一輝的愛好。

他會打扮成這個樣子，是有原因的。

距離大賽開幕式還有兩天。

聯盟的七星劍武祭營運委員會舉行了自助式宴會，招待這些提早抵達會場的選手。

一輝現在就是在挑選宴會用的正式服裝。

不過他碰到了大麻煩。

（正式場合總不能穿著平常的衣服出席，不過……）

可能是他實在穿不慣禮服。官方提供了不少出借用的禮服，但他不論換上哪套禮服，都和自己搭不起來。

看起來實在太不搭了，不搭到一輝自己都想笑。

（原因應該是這顆刺刺頭吧。）

一輝心想，便拿起梳子，將平時亂翹的頭髮梳成三七分。

然後他再次看向全身鏡。

「啊、看起來比剛才適合多了——」

不過只有一瞬間而已。

梳理整齊的頭髮彷彿在吶喊：「我才不聽你的指使！我有自己的路要走！」接著

髮絲一根根使勁翹起，髮型再次恢復原狀。

「這群頑固的傢伙。」

不知道到底是像誰？

一輝恨恨地低語，脫下了燕尾服。

（總之還是先不考慮這套了。）

一輝原本認為這套禮服最高級，總之選這套應該沒問題，沒想到看起來卻如此不搭。就算外觀不失禮節，自己也無法接受。

他苦思了一陣子，最後——

「果然還是這套最適合……」

一輝從借來的服裝裡，取出一套淺灰色的三件式西裝。

雖然外觀不太出色，不過也沒辦法。自己實在沒有那個品味或技巧，做出什麼有性格的搭配。

而且距離宴會開始已經沒多少時間了。

一輝趕緊換上三件式西裝。

就在此時。

「哥哥，我可以進去嗎？」

外頭有人敲了敲房門，接著開口詢問。她正是一輝的妹妹，同為七星劍武祭代表生——黑鐵珠雫。

應該是自己花太多時間，她才擔心地跑來看看。

自己準備的時間，竟然比身為女性的珠雫還慢，一輝不禁覺得有點丟臉。同時，他看向全身鏡，確認自己現在的裝扮。

一輝身上穿著白色襯衫，釦子沒有全部扣上，胸膛與腹肌全都露了出來，不過西裝褲倒是穿好了。

要是碰上女性友人，這副模樣倒是有點見不得人。但珠雫可是親生妹妹，應該沒關係。

一輝這麼判斷之後——

「啊，抱歉，我馬上就好，妳可以先進來。」

他這麼回答門外的珠雫。

同時，大門打了開來。

「打擾了。」

銀髮少女・珠雫進到屋內——不過……

「哥哥，我這邊已經準備好——了……」

珠雫一見到一輝的模樣，一句話卡在喉頭，傻傻站在房間的入口。

翠綠雙眸瞪得大大的，彷彿被嚇傻了。

她到底在驚訝什麼？一輝心中閃過些許疑惑，不過他的注意力馬上轉移到其他地方。

那就是珠雫的裝扮。

（哇啊……真是驚人。）

珠雫身為代表選手，同樣換上借來的禮服，準備出席宴會。

黑色馬甲質地高級，色澤不易反光，馬甲上頭還繡上精緻的蕾絲荷葉邊，看起來就像花瓣一樣。

禮服的領口大開，露出雙肩，雪白的肌膚與服裝相互對比，顯得非常耀眼。

珠雫的容貌尚顯稚氣，這樣的服裝對她來說太早熟了。不過高雅的妝容卻使她看起來比平常更加成熟，化解了所有的不協調。

這身搭配大概是……應該說肯定又是珠雫的好友兼室友——有栖院凪的傑作。

親妹妹這身美麗的裝束，美得足以稱她為「淑女」。一輝率直地稱讚道：

「這麼說雖然沒什麼新意……不過妳看起來真的非常美啊，珠雫。」

「唔呃！」

下一秒，珠雫滿臉通紅，嬌小的鼻腔忽然「噗！」地一聲噴出鼻血，接著向後倒去。

「珠、珠雫!?」

「呀啊——！糟糕了！」

有栖院原本應該是站在屋外，只見他急忙飛奔而至，急忙用右手支撐向後倒去的珠雫，另一手抓著手帕，趁著鼻血滴到禮服之前，趕緊摀住珠雫的鼻子。

「珠、珠雫，妳怎麼了！沒事吧!?」

一輝被妹妹的異狀嚇了一跳，急忙想上前查看，不過——

「啊、啊啊、啊……」

一輝越是靠近，珠雫的身體越是顫抖，臉色與手帕變得更加鮮紅。

——這也是沒辦法的事。

黑鐵珠雫是以女人的身分，愛著自己的親哥哥。

而她喜歡到無法自拔的這個男人，竟然上半身胸襟大開，一邊稱讚自己「很美」。這個畫面實在太刺激了。

半裸的性感畫面可是男女通用。

而一輝本人卻完全沒發現這點，正當他打算靠近珠雫……

「一輝，你給我等一下，不准再靠過來了！先把胸前的釦子扣上！」

有栖院和一輝不一樣，他馬上就發現珠雫失常的原因，便出口阻止一輝。

「咦？咦咦!?」

「快點！不然禮服會沾滿鼻血啦！」

「啊，是，我知道了！」

一輝依舊滿頭霧水，完全搞不清楚狀況，直到有栖院嚴厲地趕他離開，他才趕緊整理自己的衣著。

珠雫這才好不容易冷靜下來。

「哈、哈啊……讓您見笑了。不過，哥哥……剛才的您實在是太性感了……」

「雖然不太懂發生什麼事……抱歉，我到現在還沒決定要穿什麼好。」

「現在這套西裝看起來很帥氣呢。您不滿意嗎？」

「是、是嗎？我自己是覺得看起來像小朋友裝大人，好像哪邊怪怪的。」

「沒這回事。一輝的肩膀鍛鍊得很厚實，很適合這身西裝呢。」

珠雫身後的有栖院也開口稱讚一輝的衣著。

同樣身著西裝的有栖院身材修長，姿勢挺拔，大概不會有人比他更適合西裝，簡直像是牛郎一樣……一輝沒見過真正的牛郎，只是覺得牛郎的形象和有栖院很接近。

所以，就算有栖院稱讚一輝「很適合」，一輝也很難覺得高興。

而且眼前的好友竟然比自己還高，他真的小一輝一歲嗎？

有栖院造過假經歷，實際上他的年紀搞不好比一輝還大。

一輝默默地思考這些事，然後指著有栖院的盛裝問道：

「艾莉絲也要參加宴會嗎？」

「怎麼會？」

有栖院搖搖頭否定一輝。

「人家早就不是代表選手了。不過人家等一下要和加加美一起參加一般記者的聚會。」

「妳完全變成日下部同學的助手了呢。」

「沒辦法，人家還欠她一筆人情呢。」

有栖院聽見珠雫這麼說，只能聳聳肩。

他口中的「欠人情」，指的自然是不久之前，曉學園襲擊破軍時的事。

有栖院原本是曉學園的間諜，是敵方的人馬。

特別是加加美，雖然當時有栖院是使用「幻想型態」，他還是曾對加加美動手。

有栖院為了贖罪，現在成為加加美的左右手，為身為校園報社記者的加加美做牛做馬。

——不過一輝心知肚明，這是加加美的好意。

曉學園襲擊破軍時，完全採取「幻想型態」，或許是因為他們的幕後黑手，正是這個國家的總理大臣·月影獏牙。他並不打算傷害國民——但即使沒有傷到身軀，心靈上依舊留下名為「恐懼」的創傷。

事實上，同為破軍代表的葉暮姊妹因此喪失鬥志，主動棄權；東堂刀華與御祓泡沫則是受到〈烈風劍帝〉的一擊，兩人陷入昏迷，至今仍未清醒。

有栖院很清楚兩人的狀態，他們的昏迷只是暫時性，起因是極度的疲勞，並未危及性命。但或許是因為有栖院的成長過程造成他極度自卑，身為當事人的他依舊為此感到自責。

加加美為了不讓有栖院猛鑽牛角尖，便刻意用「贖罪」當成藉口使喚有栖院。

不過有栖院對他人的心思很敏感。

他應該早就察覺加加美的好意。

有栖院雖然發覺了，仍然裝作若無其事，繼續對加加美「贖罪」。不過——

（……或許是因為對艾莉絲來說，加加美同學也是他能放心撒嬌的對象吧。）

一輝心想。

如果他們能一點一滴地回復以前的關係，那就太好了。

而就在此時。

「咚——咚——」房間裡的擺鐘忽然重重響了起來。

晚上六點——鐘聲告知眾人，已經到了宴會時間。

「啊，都已經這個時間了。珠雫，我們走吧。」

「好的，哥哥。」

「啊，你們兩個先別走。」

一輝站在珠雫身旁，正打算前往會場。此時有栖院忽然出聲叫住兩人。

一輝疑惑地停下腳步，就在同時，有栖院拿起電子學生手冊，用內建的相機拍下兩人的身影。

「難得兩個人都打扮得這麼好看，拍個照留作紀念吧。」

有栖院快速地操作學生手冊，將珠雫與一輝的合照發送到兩人的學生手冊裡。

珠雫一看見照片，雪白的雙頰立刻染上粉色，開心不已。

「哇啊……謝謝妳，艾莉絲。我會把這張照片當作一輩子的寶物！」

（一輩子啊……）

一輝看了反而有些沮喪。

自己的正裝還是怎麼看怎麼怪。

而且珠雫穿起禮服實在太合適了。

這樣的自己站在珠雫身旁，看起來更滑稽。

這種服裝應該等年紀大一點，才比較有紀念價值。

一輝心中五味雜陳地看著照片——

『曉可能不會出席宴會，但還是小心為上。』

「謝謝，我就收下了。」

以及連同照片一起寄來的留言。一輝道了謝，邁向會場。

◆◇◆◇◆

當作選手宿舍的這間旅館，頂樓設有會客廳。這次的宴會就是在此舉辦。

走樓梯難以抵達頂樓，所以一輝與珠雫搭乘電梯，來到旅館頂樓。

途中，珠雫始終開心地看著稍早拍的照片。

「嘻嘻。」

「妳這麼喜歡這張照片嗎？」

「是啊，我已經把照片設為待機畫面了。」

「已經設定好啦……」

一輝面露苦笑，同時暗自發誓。

下次還要參加這種宴會，就穿制服出席。

他不要再勉強自己打扮成這副德行了。

「我一想到可以拿去跟史黛菈同學炫耀，嘴角的笑意就停不下來呢。」

一輝才剛發完誓，馬上就能預見未來自己被強迫換裝的畫面。

「別太刺激史黛菈啊……」

「這我就不能保證了。誰叫那個人**現在不在場**，是她自己的錯。」

「……」

現在不在場。

沒錯，正如珠雫所言，史黛菈現在還未抵達大阪。

原本破軍的代表預計今天就會全數抵達會場。不過史黛菈似乎是告知理事長・黑乃，她想繼續與〈夜叉姬〉修行，直到最後一刻。

曉學園襲擊破軍學園時，史黛菈敗給了曉學園的〈烈風劍帝〉黑鐵王馬。

而且還是敗在她引以為傲的「力量」。

這件事重傷了史黛菈的自信。

現在的史黛菈為了取回自信，拚命地掙扎著。

〈夜叉姬〉的強大可說是破軍學園第一。她想藉由與〈夜叉姬〉的修行，試著掌握某種可能性。

不過——

「哥哥，您認為史黛菈同學經過這樣的修行，能變得更強嗎？」

珠雫忽然問向一輝。

她的語氣，似乎蘊含著擔憂。

「再過兩天就是七星劍武祭了。現在這個時候本來應該用來養精蓄銳，她卻拿來進行急就章的修行，我不認為這有什麼意義。我能理解她的焦急……但她的判斷不會太過輕率嗎？」

不，不只是「似乎」。

珠雫是真心為史黛菈操心。

她擔心史黛菈會因為過度的修行搞壞身子。

這場七星劍武祭對史黛菈的意義重大，珠雫怕她因此無法以最佳狀態站在戰場上。

「珠雫很溫柔呢。」

「什……！」

珠雫聽見一輝這麼說，整張臉忽然漲紅，接著撇過臉去。

「我、我才不是擔心她！因為哥哥很期待與史黛菈同學戰鬥，所以我才有點在意而已。」

珠雫出口反駁，不過她的逞強可說是一目了然。

平時兩人雖然互看不順眼，一輝還是能理解，她們之間依舊存在著友情。

不過這名溫柔的少女並不希望被人戳破這點。

所以——

「妳想問的是，她靠著這麼臨時的修行，到底能不能變強嗎？」

一輝老實回答珠雫自己的見解。

「是啊，我也認為很勉強。畢竟時間實在太少了，要是在重要的七星劍武祭前累積無謂的疲勞，可能會使體能惡化。」

沒錯，一輝對於史黛菈的判斷，也和珠雫抱持著同樣的擔憂。

短時間的集中修行，的確有可能變強。

可能性有歸有——不過凡事都有但書。

這種狀況只出現在當事人實力不成熟的時候。

一輝認為，要追求某種技藝的卓越，其實就類似於登山。

從山麓到第一站（註1）之間的距離相當平緩，用跑的就能登上去。
因此初學之人能在短期間就大幅增進實力。
不過到了第七站、第八站——一切就另當別論。
越是接近山頂，山坡就越是險峻。而名為強大的巔峰，同樣也是越爬越陡。
同樣的一步，同樣的一公尺，前進的心力卻會等比成長。
要抵達某種技藝的巔峰，就是這麼一回事。
「而史黛菈距離初學之人，早就超過一大截了。」
她若想比現在更強，必須耗費相應的心力與時間。
一輝是這麼想的。
一週左右的集中修行。一想到史黛菈的實力，這樣的苦行對她來說……時間實在太短了。
「……說的、也是呢。」
珠雫聽完一輝的見解，眉角微微垂下。
珠雫自己也認為這種行為相當魯莽。
再加上最信賴的兄長為此增添背書，珠雫當然只能信服。
「真是的，那個人到底在做什麼啊……」

註1 原文為一合目，日本將登山分為十站，每一站的距離約為山麓到山頂的十分之一。

珠雫的低語像是傻了眼，又像為此哀傷。不過——

「不過——這是指尋常人的情況。」

「咦!?」

一輝的見解還有後續。

這個行為的確魯莽。換作是自己，絕對不會做，甚至做不出這種選擇。

到這裡為止，一輝的意見都與珠雫相同，可是——

「考量到〈紅蓮皇女〉史黛菈・法米利昂的潛力（Potential）……她現在的實力，恐怕**還不到第一站**呢。」

「…………!」

一輝比任何人都清楚。

才能是多麼的不公平。

每個人類所擁有的潛力極限，高低幅度是非常的寬廣。

其中，史黛菈的潛力稱得上是最頂級的。

她攀登的那座山脈是多麼巨大、多麼宏偉，和他們完全無法比擬。

那座山甚至突破天際，既高大又險峻，一輝等人的水準根本無從測量。

「那麼，她的確有可能在這一週之內，產生爆發性的進步。」

一輝遠比任何人深愛、親近史黛菈，因此他更能肯定。

——她絕對會回到這個地方。

而且是身負過往無法比擬的實力。

「兩天之後，她一定會親自證明給我們看的。」

「……但願如此。我……也想和那個人一戰。要是她因為狀況不好消失在戰場上，我也會很失望的。」

珠雫這麼答道，而她的語氣似乎明亮了些。此時，電梯來到最上層。

◆◇◆◇◆

鐵製門扉左右開啟，兩名服務生便站在門邊，以清爽自然的笑容迎接一輝等人。

「兩位分別是破軍學園的黑鐵一輝先生，以及黑鐵珠雫小姐是嗎？前方就是宴會會場，請繼續前進即可。」

「謝謝你。」

一輝道了聲謝，接著和珠雫邁步在胭脂色的絨毯上，走向前方的大門。

門中洩漏出一絲喧鬧，兩人能聽到眾人相互談話的聲響。

宴會似乎早就開始了。

（各校的代表們……就站在這扇門的另一側。）

一輝吞了口唾沫。

這件事實，令一輝胸中激昂不已。

「哥哥，您看起來很開心呢。」

「……這個舞台，是我去年夢寐以求，卻始終無法如願的地方啊。」

如同方才兩人的談論，一輝很期待與史黛菈的戰鬥。

但並不只如此。

站在這扇門扉另一側的人們。

那是全國各地脫穎而出的強者們，對F級的一輝來說，他們的實力個個都遠在他之上。

自己能毫不保留，與之相對的對手。一輝一想到能和這些強者交手，胸口便是一陣沸騰。

鬥志漸漸高昂，無法冷靜。

這場宴會是自由參加的。一輝寧願穿上自己不習慣的西裝，也要參加這場宴會，為的就是想早一點親眼看看自己未來的對手。

「不過對方的眼中，F級（我）根本不值得放在眼裡吧。」

畢竟這場七星劍武祭中，有史黛菈和王馬這兩名A級騎士參賽。

這也沒辦法，倒不如說，這可是絕佳的機會。

所有敵人都是全國首屈一指的強者，一輝和他們的實力本來就有一定差距。〈落第騎士〉的戰鬥法則，就是如何善用低人一等的才能，進而扳倒這些強者。

要是對手輕視自己，縮小彼此的實力差距，那就更好了。

一輝默默地想著。愉悅的喧譁聲一絲絲地洩漏出來，他推開了門扉——

下一秒——他馬上發覺，自己的預想大錯特錯。

原因就在於，一輝打開大門，現身在宴會會場的那一刻——
所有的喧鬧瞬間停歇，數道視線貫穿了一輝的身軀。
「……!?」
成束的視線，令一輝心中一陣衝擊。
這些目光與沉默只維持了片刻。
喧譁立刻回歸了宴會會場，不過——
「他就是打倒〈雷切〉的那一位，破軍的〈落第騎士〉啊。」
「他周遭的氛圍真是犀利。銳利得彷彿一把精心研磨的刀刃，感覺真棒。」
「他的確是全國等級的騎士，無庸置疑……而且足以排上前幾名呢。」
「這麼銳利的氣息，一眼就能看出他的強悍。破軍的前理事長到底在想什麼？竟然讓這種騎士留級。」
喧鬧中隱約可聽聞些許對話。這些對話證明，方才貫穿一輝的視線並非偶然。
「喔喔，不愧是全國等級的強者，一眼就看穿哥哥的實力了呢。」
一輝身旁的珠雫察覺整個場面的氣氛，開心地綻開笑容。

一輝對此──

（反倒是我小看了他們啊……）

他則是沒讓珠雫發覺，微微苦笑。

他們可能會對自己輕忽大意。

一輝的想法太天真了。

現在在場的強者們，都是全國各地脫穎而出，甚至不畏懼曉學園這股巨大勢力，依舊堅持參賽。

這裡面沒有人會因為「等級」這種字面上的資料就大意，這裡不存在這種蠢蛋。

他們只要淡淡一瞥，就能看穿對手的實力。

在這個地方，這種事可說是理所當然。

這異質的氣息，明顯與學園內的戰鬥相去甚遠。一輝接觸了這樣的氣氛，這才終於體會到。

（我終於來到這裡了。）

他來到了匯集日本的學生騎士，決定其頂點的戰場。

他在這個地方，必定能試探自己的可能性，直到極限為止。

一輝品嘗著這份感受，全身興奮顫抖不已。而就在此時──

「啊！哥、哥哥！」

身旁的珠雫忽然語帶焦急，拉了拉一輝西裝的衣襬。

「怎麼了？」

「快、快看那裡！」

珠雫指向的方向是餐桌，桌上擺滿了各式宴會料理。

而餐桌前方，有一位女性正到處探頭探腦，像是在找人。

（那個人是……！）

一輝馬上理解珠雫吃驚的理由。

那名女性的金髮上，散落著各色**顏料**。

她的穿著更是超乎一般人的常識。身為女性竟然裸著上身，只用沾滿顏料的骯髒圍裙遮住碩大的乳房。

一輝沒忘記過這副裝扮。因為她正是襲擊一輝母校的其中一人。

「曉學園的、〈染血達文西〉莎拉·布拉德莉莉……！」

「沒想到她做了那種事之後，還敢來參加宴會。」

正如同珠雫所說。

幾乎所有的曉學園學生，都是恐怖組織——解放軍（Rebellion）派遣來的，每個人都是地下社會的菁英。

雖然在月影總理與日本政府直接操作相關情報後，只有少數人知道這個真相……但就算不論這點，他們依然襲擊了破軍，還將學校破壞到半毀狀態。他們犯下如此暴行之後，竟然還敢在這場宴會上露臉，稱得上是膽大包天。

在這次事件之後，受到衝擊的不只是破軍，七校全都有眾多學生棄權。

因此，破軍以外的學園對曉學園的敵意絕對不低。（參加者們彷彿也在證明這點，他們全都不打算接近莎拉。）

所以一輝也沒想到，曉學園竟然會出席這場宴會——

（該說他們毫無畏懼，還是神經大條……）

就在此時。

莎拉原本四處游移的視線，猛然停在一輝身上。

接著下一秒——

「咦？」

莎拉竟然筆直快步走向一輝。

她的舉動就像在說：「終於找到你了。」

最後莎拉停在一輝眼前，兩人的距離近得能感受到對方的氣息。她專注地凝視著一輝，不發一語。

「唔——」

（怎、怎麼回事!?）

「那個、妳找我有什麼事嗎？」

莎拉突如其來的逼近，使得一輝困惑不已。

莎拉的雙瞳確實只映著一輝，顯然她找的對象就是自己。

但是自己和莎拉沒什麼共通點，他實在想不到對方找自己做什麼。

另一方面，莎拉則是注視著一輝滿是動搖的臉孔——

「…………很好。」

她面無表情地嘀咕道。下一秒便像是對一輝搜身似的，用自己的手觸摸一輝的肩膀與胸膛。

「嗚哇，布、布、布拉德莉莉同學!?」

「等、等等！妳突然間做什麼啊!?」

「安靜點，我現在正集中精神。」

莎拉絲毫不理會一輝或珠雫的驚呼，隔著衣物描繪著一輝的身體輪廓。

對方可是恐怖分子，甚至曾以敵人的身分對自己張牙舞爪。

怎麼能毫無防備地讓對方接觸身體，太危險了。

一輝雖然心知肚明，不過——

（能感受到她非常專注……）

他在莎拉的舉動中，感受不到惡意或敵意之類的負面情感。

她的認真，讓一輝猶豫是否該阻止她。

所以一輝沒有強行推開莎拉，略帶猶豫地開口，想問出她到底在認真確認什麼——

下一秒，莎拉使勁扯破一輝西裝外套裡的襯衫。

「咦咦咦咦咦!?」

「哥、哥哥——!?」

這下一輝也不得不和莎拉拉開距離，他遮起胸膛大聲問道：

「妳突然間的，到底在做什麼啊！」

莎拉對此則是——

「……沒問題，這樣就合格了。」

她這麼低語著，雙頰微微泛紅。一輝實在不懂她的意思。

「合、合格？什麼意思!?我根本搞不懂妳在說什麼！」

「那一天……我第一次見到你的時候，就對你一見鍾情了。這張臉不但帶著美感與柔和，還能感受到體內的強韌。挺拔的美麗身姿……再加上這身肌肉線條，沒有多餘的壯碩，鍛鍊得恰到好處……每一處都完美無比。你就是我理想的男人。」

「咦、咦咦!?」

一輝聽見莎拉口中那華麗又輕薄的讚美，神情更是困惑。

這到底是什麼狀況？

她現在該不會是在和自己告白？

（這……怎、怎麼辦！）

莎拉熱切地注視著一輝，一輝更是動搖不已。

這告白來得實在太突然，一輝一時之間不知該如何回應。

不，一輝一定會回答：自己已經有史黛菈了。

雖然他的答案老早就決定了——

莎拉的表情誠懇到恐怖的地步。她的心意是如此率真，就算對方是〈解放軍〉的人馬，以一輝的性格，若要他直截了當地回答：「我很困擾。」一輝還是會猶豫再三——

「沒問題，你合格了，只有你才配當我的裸體模特兒。」

這困擾大得出乎意料。

「就是這麼回事。請你現在立刻到我的房間脫光衣服吧。」

「什麼這麼回事!?不要！我拒絕！而且我不記得我有參加選秀啊！」

「不行，我拒絕你的拒絕。」

「不要耍賴！」

「如果你怎麼也不肯脫，我就強行脫掉你的衣服。」

話一說完，莎拉全身散發強烈的魔力，雙手顯現出靈裝(Device)——「畫筆」與「調色盤」。

（這、這個人、來真的啊……！）

她是認真的。她甚至不惜使用靈裝，也要剝光自己的衣服。

這裡可是宴會會場。

不能在這邊掀起戰鬥。一輝不知道該如何應對，滿臉狼狽——

「這個變態，給我離哥哥遠一點!!!!」
「唔啊！」
同一時間，珠雫施展飛踢，狠狠踢飛莎拉。
「哥哥！您沒事吧!?」
珠雫踢飛正打算襲擊兄長的變態，站在兄長面前，像是在保護他。
她不光是腳踢，而是全身跳起來飛踢敵人，這實在太厲害了。
這位夥伴多麼值得信賴。
珠雫擔憂地詢問一輝。一輝則是點點頭，開口答道：
「嗯，我沒事。她只扯掉襯衫的釦子而已……」
「────！」
珠雫聽見這句回答，忽然怒髮衝冠。
「……不可原諒。」
「珠、珠雫……？」
「連我都還沒扯破哥哥的襯衫，然後推倒他啊……！」
值得信賴的妹妹，似乎並非站在一輝這邊。
一輝心中頓時五味雜陳。珠雫則是憤怒地用眼角瞥過兄長後，打算顯現出自己的靈裝。
「去死吧！」

「哇啊啊啊！珠雫，不行啦！不能在這種地方顯現靈裝啦！」

事已至此，一輝也沒空猶豫怎麼應對了。

一輝迅速繞到珠雫身後，架住她的雙手。

珠雫身軀輕巧，無力解開束縛，暫時是不會發生什麼慘劇，不過……

（唔唔、周遭的視線好刺人……！）

都鬧得這麼大了，這也在所難免。

自己也要換件衣服，總之應該先回房間一趟。

一輝這麼思考著。就在此時——

「呵呵呵……我還以為在吵什麼呢。〈染血達文西〉，又是妳啊。」

一道女高音從一輝身旁傳進耳中。說話者的抑揚頓挫相當誇張，從中能感受到對方刻意展現了威嚴。

◆◇◆◇◆

一輝望向聲音的來源，便看見一名戴著眼罩、身穿深紅禮服的少女，少女的身後則是一位女僕。

一輝記得這兩個人。

她們和莎拉一樣，曾經一同襲擊破軍學園——

© Won

「我記得沒錯的話，妳應該是原廉貞學園代表的風祭同學，沒錯吧？」

眼罩少女點了點頭。

「呵呵呵，妳不算說錯。那個名字和這個模樣只是偽裝，是用來欺騙次元管理局……我的真名並非一般的語言，區區人類的口舌可沒辦法發音呢。」

「大小姐是這麼說的：『沒錯沒錯，請多指教～』另外，請容我自我介紹，我名為夏洛特·科黛，是大小姐專屬的女僕，請多指教。」

「啊，妳好，可以不用這麼客氣啦。」

繼風祭之後，夏洛特舉止優雅地對一輝和珠雫行禮。

破軍遭受襲擊時，一輝認不出長相的只有這名少女。經過她的自我介紹後，一輝這才理解了原因。

一輝看過加加美提供的代表照片，其他成員都是取得代表權的學生。而夏洛特只是僕人，既非代表生，更不是伐刀者。

「我的同胞讓你見笑了，〈落第騎士〉。『美之女神（Muse）』附身在她身上，只要靈感湧現，她就完全停不下來了。其實她沒什麼惡意，請你見諒。〈深海魔女（Lorelei）〉也請收起武器，妳們之間早就決出勝負了。」

「妳說什麼？」

一輝與珠雫聽見風祭這麼說，同時看向被踢飛的莎拉。

她正呈現大字形，倒在絨毯上。

「她該不會昏倒了吧……？」

「夏爾，把〈染血達文西〉帶去〈轉生之棺〉。」

「交給我吧……莎拉大人，您沒事吧？我馬上帶您到再生囊(Capsule)那裡去。」

「唔呃～」

夏洛特抱起莎拉。只見莎拉兩眼昏花，看來是真的昏倒了。

雖說是飛踢，但是踢人的珠雫本身嬌弱又輕巧，恐怕是七星劍武祭最輕量級的選手。

而莎拉可是地下社會的菁英。

一輝和珠雫見到莎拉出乎意料的弱小，臉上有說不出的驚訝。

風祭則對兩人說道：

「〈染血達文西〉不是戰士，而是藝術家，她會這麼柔弱無可厚非。就連她抵達會場的時候，也被來自地獄的亡者們拖住腳步，最後是由白衣天使們送來這裡的呢。」

「大小姐是這麼說的：『莎拉抵達大阪的時候，不小心因步道的高低差踩空而骨折，最後是被救護車送到這裡的。』」

「她是地○探險的主角嗎!?」

「因此她才被稱為〈染血達文西〉。」

「她染上的是自己的血嗎!?這事實超糗啊！」

「……〈解放軍〉該不會是人才不足吧？」

懷中的珠雫驚訝地低語。一輝也這麼認為。

莎拉這副德行，竟然還想出賽七星劍武祭。

見兩人如此反應──

「呵呵呵──你們這可就大錯特錯了。」

魔獸使(Beast Tamer)風祭凜奈語帶嘲諷地笑道。

「〈染血達文西〉的確是孱弱到極點，但這個事實並不等於她弱小……事實上，她的『力量』就是足以掩蓋她的孱弱，才會獲選加入這場作戰。」

「……」

「普通的『藝術』，只是模仿那名不祥之神製作出來的，名為『現實』的作品。就算有再多精細或抽象的差異，終究只是贗品。但是那個人的『藝術』卻另當別論。〈染血達文西〉的『藝術』足以淘汰掉『現實』。神在那個人的面前，不過只是三流的藝術家……勸你們別太掉以輕心，會吃大虧的。」

風祭的話語，令一輝與珠雫同時回想起一件事。

破軍遭襲的當下，莎拉曾經小露身手。

曉成員們的木偶看起來確實就像真人。

但也因為太像真人了，一輝才能看穿木偶的真身。

（……對方的確不容小看。）

她的「藝術」究竟會如何活用在戰鬥中，還是未知數，但也因此令人感到不安。應該更加警戒她。

（特別是我，我和布拉德莉莉同學是在同一個區塊。）

按照順序，一輝可能會在第三戰碰上她。

莎拉預料之外的柔弱，差點讓一輝大意了。當他正重新繃緊神經時——

「不過，真不愧是〈染血達文西〉，品味果然獨到。靠近一點我才發現，你的確長得相當俊美呢，〈落第騎士〉。」

輕輕一跳。

風祭宛如小動物似的，從稍低的位置仰望著一輝的臉孔。

「咦……」

「外貌不帶多餘的壓迫感，加上外表無法窺視的強大，很符合我的喜好——你畢業之後要不要來我家當管家？待遇從優喔。」

「唔！妳的目標也是哥哥啊！我絕對不允許！」

「不，就算妳允許，我也沒打算加入恐怖分子的行列啊……」

「我沒說要你加入〈解放軍〉，你只要在宅邸照顧我的生活起居就好了。」

「哥哥，你不能上當！這一定是藉口，她肯定想利用大小姐與管家的主從關係，對哥哥做些下流的事。如果是我一定會這麼做！」

（怎麼辦？我開始覺得，自己的妹妹比恐怖分子還可怕。）

先不論這點——

「謝謝妳的好意，不過請容我拒絕，我不太適合穿西裝之類的衣服。」

一輝依舊婉拒風祭的招聘。

當然，其中一個理由是因為風祭隸屬於〈解放軍〉，是恐怖分子的一員。

但除此之外——

「嗯……但是看你的成績，應該沒什麼好的出路吧。在我的軍門下可是一生不愁吃穿喔。」

「大小姐，不能這樣強求。一輝大人看起來很困擾呢。」

除此之外，雖然夏洛特現在故作正常地勸告風祭，不過在風祭一開口延攬一輝，夏洛特原本平靜如水的神情瞬間豹變，用飽含嫉妒的神情瞪著自己，好像自己是她的弒親仇人一樣。

（我要是點頭答應，有一天絕對會被她殺掉吧……）

不管待遇多麼優厚，一輝一點都不想待在一個會遭人暗殺的職場。

但是風祭本人似乎不想放棄，略帶遺憾地嘟起紅唇：

「嗯姆——我知道了……不過，要是你改變主意了，隨時都可以聯絡我。我很歡迎像〈落第騎士〉這麼能幹的人才。」

她將自己的名片遞給一輝。

雖然一輝根本不想當管家，但直接把名片退還給對方，未免太失禮。所以一輝還是一邊道謝，一邊收下名片。

最後，風祭、夏洛特帶著昏迷的莎拉，離開了宴會會場。

一輝目送三人離去後，望著名片微微苦笑。上頭不只記載著風祭的名字，還有手機號碼、電子信箱，甚至還寫上了住址。

「沒想到會從恐怖分子手中拿到名片啊。」

「的確……這群人真的很詭異。他們明明是罪犯，竟然若無其事地出席宴會、脫人衣服、延攬人才……〈解放軍〉裡的人都這麼奇怪嗎？」

「艾莉絲其實也相當怪呢……」

曉學園的代表們與一般認知中「地下社會的刺客」相比，印象實在差太多了。

一輝深知不能單靠外表去判斷他們的實力。實際上他也親身體驗過他們的強大，印象中的他們是更加凶猛、令人畏懼……但現在卻被他們搞得有點喪失鬥志。

不過兩人雖然抱持這樣的感想——

「別把我跟那群蠢蛋相提並論，聽了就倒胃口。」

兩人身後卻傳來反駁。

兩人聽見這句蘊藏怒氣的低語，轉過頭去，便見到一名留著黑色長髮的少女，她還以一副怪面具藏起了眼睛四周。

「那些傢伙到底在興奮個什麼勁？你又不是我們這邊的人，有點自覺好嗎？」

少女宛如歌劇魅影一般，以假面遮住面孔。她望著風祭等人離去的會客廳入口，百般不耐煩地低語道。

◆◇◆◇◆

珠雫一時之間察覺不出少女的身分，不過──

「……妳該不會是曉的多多良幽衣同學吧？」

珠雫的兄長．一輝這麼一說，她才終於驚覺過來。

「啊，妳就是那個奇怪的人嗎？明明是夏天，卻像傻瓜一樣穿著防寒衣。」

當時的她全身被防寒衣包得緊緊的，不過一輝一說出口，珠雫才驚覺對方的身高和眼前的人一模一樣。

多多良見到珠雫的反應，沒好氣地說道：

「我才不奇怪。殺手幹麼在大眾前露出真面目，這才叫做奇怪好嗎？」

（第一次聽見曉學園的人說出合理的話……！）

珠雫感受到些許衝擊。

比起稍早的兩人，多多良還比較像正常的殺手（？）。

不過──

「妳可以承認自己是殺手嗎？對外不是維持普通的學生身分嗎？」

珠雫坦率地問道。多多良則是有些諷刺地嗤笑。

「嘻嘻嘻，你們已經聽〈黑影凶手〉說過了吧。在這個國家裡，月影操作情報的手段可是完美無缺。不管你們怎麼鬧，在輿論上只會被當成玩笑話罷了，所以我就算大方承認自己是殺手也沒關係。」

「…………」

珠雫聞言，眉角微微一跳。

因為多多良的發言，正是無法反駁的事實。

曉學園的學生是恐怖組織〈解放軍〉派來的傭兵。這件事他們早就透過黑乃，報告給所屬機關了。

但是真相卻並未為大眾所知。

除去政府大動作地操作情報之外，事情的真相也實在太過荒誕無稽。誰都不會想到「自己國家的首相勾結恐怖分子」。

因此只有身為當事人的自己這群人知道真相，也深信曉的學生們是〈解放軍〉的恐怖分子。

……這個狀況對深知真相的珠雫等人來說，實在令人焦躁。

畢竟現在的狀況，根本等同於整個人直接栽進敵人的陷阱之中。

她已經不舒服到極點了，對方還大剌剌地挖開傷口，珠雫會感到不快也是理所當然。

多多良見到珠雫些微的表情變化，則是——

「……嘻嘻，表情別這麼可怕嘛，黑鐵小妹。我不是故意要挑釁，抱歉啦。我今天可是休假呢，就讓我們好好享受這場難得的宴會吧。」

她從餐桌上裝了些料理，遞給珠雫。

只看她的態度，倒還算得上友好。

但她的用詞以及脣角卻帶著明顯的嘲諷。

珠雫見她這樣的態度，以及只有嘴巴上的道歉，感覺實在差勁透了。

不過珠雫更不想輕易上了多多良的當，這會讓她更加不悅。

現在應該讓她的挑釁順水流。珠雫這麼判斷——

「謝謝——」

她伸手打算接過料理——就在同時。

盤子忽然飛向空中，掉在大理石地板上，啪啷一聲碎成碎塊。

怎麼會？

因為身旁的一輝以手背揮開多多良遞出的盤子。

「哥、哥哥？」

「————」

兄長突如其來的行動，令珠雫嚇得瞪大雙眼。

不，不只是珠雫。

周遭的其他學生全都被這突發狀況嚇得一愣。

一輝對此則是不發一語，雙瞳帶著銳利又冰冷的光芒，怒瞪著多多良。現在的他和方才面對莎拉、風祭等人時，簡直判若兩人。

到底發生了什麼事？

珠雫疑惑地望向掉落在地的菜餚——

「這、這是……！」

她知道一輝為什麼會這麼做了。

原本多多良遞出的盤子上，放著帶骨雞腿肉。

肉塊當中閃著光，仔細一看，竟然是美工刀的刀片。

似乎是落地的衝擊，使得刀片刺破肉塊而出。

料理的過程中，不可能混進這種東西。

這只可能是某人帶著明顯的惡意，設下了陷阱。

而會做這種事的——只可能是眼前的恐怖分子。

一輝是察覺了刀片，才揮落了料理。

「這配料可真是刺激啊，多多良同學。」

「嘻嘻嘻，真浪費，這可是特製的呢。裡頭混了幾種生物鹼，只要舔一口，甚至能毒死大象。」

多多良絲毫不畏懼一輝尖銳的視線，抖著肩膀竊笑。

「我還藏得讓你們看不見刀片呢。你和妹妹不一樣，直覺很準嘛。」

「這也不算什麼。妳可是散發著滿滿的『惡意』。」

一輝並不是在謙虛。

珠雫雖然沒發覺——一輝卻一開始就察覺到了。

多多良幽衣和先前的三人完全不一樣。

先前的三人雖然舉止怪異，她們身上卻感受不到「惡意」。

不過，多多良卻不同。

這個女人身上除了「惡意」之外，甚至感受不到別的情感。

這樣的女人在裝取給珠雫的食物時，巧妙地以自己的身體遮蔽一輝與珠雫的視線。

——她一定做了什麼。

一輝確定了這點，才揮落了料理。

而結果也如一輝預料。

「妳今天不是休假嗎？」

「嘻嘻嘻，沒錯，我是在休假，所以我想殺個人來消除壓力。可惡，就差一點而已。」

自己的企圖被人戳破，多多良完全不覺得羞恥，反而是不悅地咂舌。

「這麼慢悠悠的工作，我還是第一次碰到。叫我襲擊學園，卻不能傷到任何一個人？我和其他蠢蛋可不一樣，打從還是小鬼的時候就在幹殺手了。竟然叫職業殺手不能『殺人』，那就別找我。我這下可是欲求不滿，煩躁到極點了……！我才等不了兩天，現在就想大開殺戒！」

多多良露出宛如利牙的牙齒，詭異地笑著。

她的右手緩緩聚集不祥的魔力，漸漸成型。

那是電鋸型的靈裝，猙獰的刀刃重疊一層又一層，令人聯想到鯊魚的利牙。

「喂，那女人是來真的……！」

「她打算在這種地方開打嗎!?」

多多良不分場合的野蠻舉止，使得會場頓時騷動起來。

一輝對此則是不發一語，站在珠雫身前護著她。

他已經了解了。

多多良這種人，可不是別人說幾句話就會聽進去。

更別說——

一輝根本不可能原諒一個對妹妹下毒的傢伙，他沒有這麼偉大。

因此一輝也打算喚出〈陰鐵〉，準備迎擊多多良——

「無冕劍王（Another One），住手吧。」

「！」

忽然間，身後傳來的聲音，令一輝停下動作。

不，是被人阻止了。

對方的語氣並不是怒吼，也不帶任何怒氣，靜如止水。

但其中卻有著無與倫比的存在感，以及讓人無法否決的強制力與壓迫感。

一輝聽過這道聲音。

他雖然不是直接聽過他的聲音，卻在電視中聽了無數次。

沒錯，聲音的主人正是——

「你不是為了這麼隨便的鬥毆，才一路贏上來的。對吧？」

「……諸星學長！」

他不是別人。

正是前任七星劍武祭霸者，〈落第騎士〉第一戰的對手——

武曲學園三年級，〈七星劍王〉——諸星雄大。

◆◇◆◇◆

銳利的視線充滿威嚇，令人聯想到肉食野獸。

他和有栖院差不多高，大約一百八十公分，身材挺拔。

身上厚實的肌肉絲毫不遜於身高，是個適合綁頭巾的男子漢。

他就是日本學生騎士的頂點，諸星雄大。

他的一句話，便讓這陣殺氣騰騰的氣氛頓時僵住。

仔細一看，不只諸星一個人朝著一輝等人走來。

兩名學生和諸星一樣，他們並未穿著西裝，而是一身略帶古風、品味獨特的武曲學園制服。一輝當然知道他們兩人的身分。

配戴眼鏡的男學生，身上的制服一絲不苟，姿勢從頭到腳整齊劃一。他就是武曲學園三年級．城之崎白夜；而站在他身旁的少女，臉頰貼著ＯＫ繃，眼神宛如少年般俏皮。她同樣也是武曲學園三年級．淺木椛。他們分別是去年七星劍武祭的第二名與第三名。

沒錯，正是去年站在頒獎台上的三人，介入了一輝與多多良之間。

（原來如此……難怪身體會頓時緊繃。）

三人一字排開，他們身上各自帶著無法比擬的氛圍（Aura）。

這三人光是站在身邊，沉重的壓迫感就會讓人誤以為會客廳本身變得狹小。

他絕不可能忽視如此強大的存在感。

「話又說回來，妳這女人開口閉口都是殺人，太凶狠了吧。七星劍武祭近在眼前，妳會這麼興奮，我是能理解啦……不過妳是不是該冷靜點？」

他應該是在旁邊觀察一段時間了。

諸星沒有責備一輝，反而是俯視著多多良，有些傻眼地勸告她。

緊接著，彷彿是在呼應諸星——

「真是的，竟然會在這種地方喚出靈裝，讓人不得不懷疑妳的品行……不過，看來靈裝也會顯現出持有者的品行，妳就和妳的靈裝一樣粗俗。」

諸星身後的城之崎也跟著攻擊多多良的舉止。

多多良見狀，則是恬不知恥地說道：

「這位有品的小哥，品行再好對戰鬥也沒幫助啦。要我讓你親身體驗一下嗎？」

多多良打開電鋸型靈裝的引擎，將急速迴轉的刀尖對準三人——不，是站在最前方的諸星。

而諸星望著多多良的眼神更加冰冷——

「別動不動就齜牙咧嘴，妳這樣就跟弱小的小狗沒兩樣。」

「……！」

彷彿嘆息般脫口而出的侮辱。

用來激怒本就脾氣粗暴的多多良，已經綽綽有餘。

多多良語氣低沉地笑道：

「嘻嘻嘻，臭小鬼們……很好，現在就讓你們看看我到底弱不弱——」

她散發的氣息不止於「惡意」，已經轉為明顯的殺意。她朝著諸星等人踏出步伐——

「——!?」

忽然間。

就在多多良接近距離諸星三公尺處，她突然像是觸電似地停下腳步。

而諸星見到她的舉動……則是發出佩服般的讚嘆。

「看來妳不是光會耍嘴皮。沒錯，那裡就是我攻擊的**界線**，妳要是隨便踏進來……我就用這玩意『噗滋』一聲戳下去啦。」

仔細一看，諸星不知何時握著一把細長的金色長槍。

筆直的槍頭，而槍頭尾端的槍纓宛如虎毛一般。這把槍正是〈七星劍王〉的靈裝——〈虎王〉。

「混蛋，你什麼時候拔槍的……！」

多多良驚呼出聲，接著向後退了數步。

但吃驚的不只是多多良，身旁的一輝也同樣驚訝。

（真厲害……）

眼利如一輝，也看不出他何時拔槍的。

除此之外——

（——他簡直是毫無破綻。）

諸星單純只是拿著長槍，並未擺出什麼架勢，但是他的攻擊範圍毫無死角。

一輝很清楚，這一點以後一定會讓自己吃盡苦頭。

（我還是第一次親眼見到……這就是〈七星劍王〉大名鼎鼎的〈睥睨八方〉啊。）

他對攻擊範圍的絕對支配力，甚至連〈雷切〉都無法輕易踏入。

不論敵人身在何處，不論敵人從何處進攻，他都能筆直注視著對方。人們佩服諸星毫無死角的眼力，便給予如此美稱。

多多良更是因此不得不停下腳步遲疑。

這也是當然。諸星的間距，可是日本首席學生騎士的間距。

……在這之後——

「啊哈哈哈哈！今年的一年級可真是有氣魄，非常好！」

隨著騷動而來的人，並非只有武曲的學生們。

洪亮的笑聲，響到令人懷疑對方是否用了擴音器。一道黑影伴隨著笑聲，落在一輝等人的頭上。

來人是一名壯漢。從目測來看，他的身高輕易地超過兩公尺，身體寬度也逼近一公尺，再加上滿面鬍鬚，看起來一點都不像學生。他是來自於北方大地——北海道・祿存學園三年級，前次大賽前八強之一——〈鋼鐵狂熊〉加我戀司。

「不過你們可不能浪費食物唄。咱們農家辛苦地養雞，就是為了讓你們吃到最好吃的雞肉，你們要是不好好品嘗，可就浪費了咱們的苦心唄。」

傳說加我在小學盃（Little）時期，就獨自開墾了一百公頃——等同於二十座東京巨蛋的農地。他這麼說著，同時伸出大手，**抓起**一輝揮落在地，加了有毒刀片的雞肉——

「啊，那雞肉……！」

一輝來不及阻止加我，加我便把雞肉連骨頭一起丟進嘴裡。

接著他強健的下顎不但嚼碎了雞肉，甚至連骨頭和刀片也嚼個粉碎，接著一口吞下。

「嘎哈哈！曉學園來的，這毒殺得了大象，可殺不了俺！」

「這、這傢伙真的是人類嗎……」

加我吞下劇毒，卻沒有任何不適，反而是多多良臉色發青。

不過多多良該驚訝的狀況不只如此。

「嗯哼♡」

「!?!?」

一道氣息忽然吹向多多良的耳中。

多多良直到氣息輕撫耳邊，她才忽然驚覺。

一名女子不知何時將自己抱了個滿懷。

「好了，我現在正在做檢查，妳可要乖～乖～的，當個好孩子喔。」

「呃啊！」

女子不斷摸索著多多良的身體，多多良趕緊使勁推開女子。

多多良立刻就反應過來——但她的臉上卻滿是驚嚇。

多多良在〈解放軍〉的年輕一輩中，可是惡名昭彰的殺手。

她的實力是貨真價實的，她也深知自己的實力。

而這名女子卻在不知不覺間——抓住了自己。

她難免會陷入混亂。

「妳、妳這傢伙是什麼人……！」

「呵呵♡這位病患（Kranke）真有精神，有精神是好事喔。」

多多良的語氣焦慮得發抖，而忽然出現的白衣女子則是彎起圓潤的雙唇，游刃有餘地笑了笑。

「不・過・呢，正如我所想，血壓、體溫都太高了，妳很激動喔。身材嬌小，肌膚也有點糟糕，感覺營養狀況不好呢。請把雙手伸出來一下下喔。」

女子這麼說完。

下一秒。

「混蛋，妳從剛剛開始到底在說什、麼、咦、咦咦!?」

多多良的手無視本人的意志，將電鋸丟在地板上。

接著雙手手掌捧成碗狀，伸向白衣女子。

一切都按照女子的意思。

於是白衣女子笑容滿面地在多多良呈現碗狀的掌心裡——

「妳要多攝取鈣質、維他命C以及優質的膠原蛋白喔。還有，來，這是我調配的特殊香料，睡前點燃它，香味就能安撫激動的情緒呢。」

放進了藥錠、膠囊，最後是用可愛的緞帶包起來的小包裹。

當然，多多良根本不需要這些東西。

她馬上就想把東西灑在地上，不過——

(動、動不了!?)

「混帳，妳對我做了什麼!?」

「嗯～？呵呵♡這沒什麼好驚訝的，我身為醫生，當然能隨心所欲操縱病患的身體囉～♪」

多多良滿頭大汗地怒吼，另一方面，女子只是嫣然一笑。

一輝看著兩人的互動，同時問向珠雫：

「珠雫……妳認識她嗎？」

珠雫輕輕點了點頭。

「……是的，我當然認識她。」

以珠雫的性格，並不會去調查每一位全國的強者們。

© Won

珠雫幾乎不認識在場的人們。

但是這名白衣女子例外。

她身為學生，同時也是日本第一的醫生。

而她身為日本第一的醫生，同時也是全國等級的騎士。

「廉貞學園三年級——〈白衣騎士〉藥師霧子。」

珠雫也不得不承認，這名女子是全國唯一一位，比自己高明的〈水術士〉。

「她一年級、二年級的時候一直沒有出賽七星劍武祭，我還以為她今年應該也不會出場。」

「先不說這個，她抓住多多良同學時的招數，該不會是——」

「是的，就如同哥哥所想……那和我的〈水色輪迴〉，確實屬於同類型的技術——不過我還沒辦法連自己的衣服一起汽化。」

而珠雫也無法理解，女子到底是用什麼魔法箝制住多多良的身體。

女子或許是對對方的血液進行某種干涉。

珠雫能夠做出這樣的預測，卻沒辦法做到同樣的技術。

（我竟然和這個人同為D區選手，實在有點鬱悶呢。）

兩人同為水術士，且同屬技巧派的騎士。

那麼技巧的優劣就可能直接反映比賽的勝負。

珠雫在第三戰就有可能會碰上她。對珠雫來說，實在很希望女子能夠在那之前就落敗。

——在場全國級別的騎士紛紛被騷動吸引過來。而這些人其中，出現了一張一輝很熟悉的面孔。

「喂，小妞。誰說妳可以隨便找〈落第騎士〉的碴？啊？」

一名金髮男子推開人群，走上前，粗魯地抓起多多良的衣襟，將她提了起來。

他和一輝曾經在破軍三年級生・綾辻絢瀨的事件中交過手。他擁有〈神速反射(Marginal Counter)〉這樣的天賦，令一輝吃盡苦頭。貪狼學園的王牌——〈劍士殺手(Sword Eater)〉倉敷藏人。

「倉敷……好久不見了。」

「哼！我就知道你一定會來到這個地方。這次我可要好好奉還當時的帳。」

藏人說完，視線轉回手上的多多良。

「不只是我，在場所有人都很期待跟這傢伙打一場。妳要是敢亂來，小心我幹掉妳！」

他聲音低沉地警告多多良。

而全國首屈一指的強者們彷彿在肯定藏人的話，尖銳的眼神同時刺向多多良。

這下子，脾氣暴躁的多多良也不得不舉雙手投降。

聚集而來的所有人，都擁有全國前八強等級的實力。

她要一次對付這麼多人，實在不利。

「——嘖！放開我！」

多多良雙手無法動彈，便以腳踢開藏人，脫離他的拘束。

於是她懊惱地扭曲脣角，接著轉身離開。

她只能這麼做。

◆◇◆◇◆

多多良離開會客廳後，一輝便向聚集而來的一行人道謝。

「各位，真的非常謝謝你們……我差點就中了她的挑釁。」

諸星面對多多良時的威嚇神情忽然一變，對彎腰道謝的一輝露出親切的笑容。

「沒差啦！要是有人對自己的妹妹不利，會氣得七竅生煙也很正常啦。我倒還佩服你，竟然能忍著不動手。要是我的話，在她拔出武器之前我就會先發作啦。」

他笑著要一輝別太在意。

而諸星身旁的城之崎則是嘆了口氣：

「這有什麼好自傲的……雄，你身為本國第一的學生騎士，〈七星劍王〉必須成為全國學生騎士的典範，你應該更穩重點。」

「啊哈哈，阿星是個大妹控嘛。」

「誰是妹控啊！身為大哥會有這種反應是很正常的好嗎！而且那些傢伙跑來找碴，算上破軍襲擊事件可是第二次了，凡事過三，佛也發火。我們只是普通人類，第二次就會忍不住了吧？黑鐵，你也這麼覺得吧？」

「哈哈……的確，曉那群人也害得我們慘兮兮。」

諸星提到襲擊事件，一輝也點頭同意。

不過——

「不過我也不是只對他們抱持憎恨而已。」

「嗯？什麼意思？」

「他們確實讓我們吃盡苦頭，我對他們也沒什麼好感……不過，他們這些伐刀者身處的世界，我們平時不可能與之接觸，多虧他們加入，我們才有機會與他們交手。就這點來說，我還挺感謝他們的。」

不只是表面，還包含裡層的世界。

這場七星劍武祭，能與原本不曾出場的強敵們交手。

對一輝來說，求之不得。

這樣一來——比賽的純度會變得更高。

七星劍武祭是決定最強騎士的鬥爭，而這場鬥爭將會變得更加純粹。

因此單就這點來看，一輝樂意見到曉學園參戰。

而聽完一輝這番話——

「……呵呵、哈哈哈哈！」

諸星放聲大笑，原因則是：

「你長著一張人畜無害的臉，說出來的話還真有趣啊。真巧，我也這麼認為。」

沒錯，他的想法和一輝不謀而合。

今年的七星劍武祭，非常值得一戰。

因為諸星很早以前，就希望與〈烈風劍帝〉來場生死之戰。

他可是非常感謝曉能把王馬給拉進戰場。

不過——

「沒想到除了我以外，還有別人也這麼血氣方剛啊。」

而且他還是來自曾經慘遭曉學園迫害的破軍學園。

一般人很難說出這番話。

但他能說出口，就代表——

（也就是說，這個男人也充分**理解**了……）

「不過，你提到平時無法與他們交手……這樣啊，聽說曉學園的成員都是來自非法社會的傭兵，看來這傳聞是真的呢。」

「剛才那個矮冬瓜也有點不太正常。真是的，太亂來啦。」

「隨便啦，那不重要。」

城之崎與淺木知道曉成員的不合法之處，忽然低聲表達不滿。

對此，諸星則是一句話帶過。

「不管他們是什麼人，我們該做的事也不會有任何改變。對吧？黑鐵。」

諸星忽然問向一輝。

一輝對此則是輕輕點了點頭。

「是啊。**我們〈騎士〉不應該在敵人身上追求公平與公正。**」

一輝露出平易近人的溫和笑容，這麼答道。

──他的答案，和諸星一模一樣。

正如諸星所想，一輝很**清楚**。

他們這些〈學生騎士〉的本質。

沒錯，〈學生騎士〉並非運動員。

而是未來必須保衛國家的**戰士**。

這樣的他們因為對手犯法而火大，本身就是大錯特錯。

要是不能理解這點，不論實力有多麼強大，最後也會淪為區區的**運動員**罷了。

他們是絕對贏不過真正的騎士。但是──

「敵人本來就是不公正，戰鬥本身就是不公平。理所當然，我們〈學生騎士〉的戰鬥也應該如此。所以不管他們是什麼身分，耍了什麼手段參加這場大賽，都與我們無關。要對他們的非法性說三道四，那些工作是屬於經營這場大賽的大人們──我們只需要打倒眼前的敵人，取得勝利，向前邁進。」

一輝很清楚其中的區別。

因此在綾辻絢瀨的比賽當中，一輝雖然以朋友的身分，為她感到哀傷，卻不打算指責她「卑劣」，或是藉著舉發她犯規，不戰而勝。

一輝雖然討厭不公不義——但並不抗拒。

他不會在敵人身上追求公正。

因為他不是運動員，而是「戰士」。

〈七星劍王〉諸星雄大只靠著短短的對話當中，就能確認一輝心中的想法與氣度。

正因為諸星確認了這點，才認同了他。

「呵呵……老實說，我聽說〈雷切〉敗在留級生手下的時候，真的覺得很可惜。我本來打算今年一定要完美攻破那傢伙的必殺技，不過……取代〈雷切〉爬上來的男人，真是有趣得不得了。」

這個男人的確配做他的對手——

「我可是很期待兩天後在戰圈上見到你啊。」

「我到時必定全力以赴。」

諸星的話語中燃起熊熊的鬥志。而一輝毫不退讓地回以目光。

不只有諸星一個人藉著這次邂逅，測試對手的氣度。

一輝也同樣在測試現任〈七星劍王〉的氣度。

而他也得出同樣的答案。

——第一戰，恐怕就會成為一輝的生死大關。

確實的預感、不安——以及超越這一切的期待。

雙方對對方抱持著同樣的肯定，凝視著對方，互不相讓——

「啊，對了。」

諸星的口氣忽然沒了緊張感——接著出口提醒一輝。

「你差不多該回房換件衣服吧？胸部都露出來了。」

「噗!?」

諸星這麼一說，一輝才想起來。

自己現在穿的西裝前方大開，看起來根本像個變態。

「還是說你在炫耀自己傲人的肉體嗎？原來你有這種興趣喔。」

「怎、怎麼可能啊！」

諸星這麼調侃道。一輝則是紅著臉否定，急忙藏起胸膛。

一輝的反應引得周遭紛紛竊笑。

原本多多良的出現，引得四周氣氛緊繃不已。此時劍拔弩張的氛圍已經消失無蹤，變回原本輕鬆愉快的時光。

◆◇◆◇◆

會客廳隔壁的吸菸區。

有個男人隔著窗戶，望著多多良等人引起的騷動。

他穿著色調偏暗的赤紅西裝。

有色眼鏡的深處，眼瞳微微瞇起。這名風度翩翩的紳士正是——

「看來您的學校裡，還是有沒教養的學生呢，月影老師。」

沒錯，他就是日本現任總理大臣，同時也是國立曉學園的負責人，月影獏牙。

月影聽見有人呼喚自己的名字，轉過身去。他一確認聲音的主人，便開心地高聲說道：

「哎呀，真是難得……這不是瀧澤嗎？很久不見了。」

瀧澤。

破軍學園理事長‧新宮寺黑乃聽見月影這樣稱呼自己，身軀微微一震。

呼喚自己舊姓的語氣，就和自己學生時代的月影老師完全一樣。

就和當時自己嚮往的他一樣。

「——……」

恩師的模樣實在毫無改變。

黑乃點燃香菸吸了一口，安撫躁動的情緒。

然後開口指正。

「老師，我現在的姓氏是新宮寺。」

「啊，的確是呢。妳的婚禮之後就沒見面了，怎麼樣，最近過得如何？」

「託您的福，生產也是母子均安。」

「這樣啊，那就太好了。平安就好，嗯。」

月影似乎真的很開心，露出了笑容。他的面容比黑乃記憶中的容貌，似乎增添了幾絲皺紋。

從他的神情來看，他是打從心底為黑乃的平安感到喜悅。

這點是無庸置疑的。

正因為如此，黑乃的神情更顯苦澀。

（——老師真的一點都沒變。）

他那溫和的語氣，溫暖的笑容。

一切的一切，恍如昨日。

就和黑乃所憧憬的……那時的月影一模一樣。

因此，黑乃同時也感到疑惑與焦躁。

他要是與以往判若兩人就好了。

要是他能明顯表現出敵意與企圖就好了。

若是如此——

（……為什麼那個月影老師會做出這種事，為什麼？）

黑乃就不需要被這樣的疑問壓得喘不過氣來。

（…………）

但是黑乃壓抑住自己的心情：

「我……真的非常不願意以這種形式與老師再會。」

她主動以飽含敵意的視線望向恩師。

沒錯，現在的黑乃已經不是他的學生。

她是破軍學園的一校之長。

眼前的人是曉學園的統帥，而曉學園的人傷害了自己的學生。對黑乃來說，他是可恨的敵人，不可饒恕。

這件事實並不會因此有一絲動搖。

既然如此，黑乃不需要假裝友好，和月影閒話家常。

她只是需要確認。

為什麼月影會做出那種行為？她要問出月影真正的意圖。

黑乃正確地理解自己的角色。

所以她面對定位不明的月影，主動主張自己的定位。月影對此則是：

「呵呵，當然了。妳會生氣也是理所當然。畢竟我把妳的學園當成墊腳石了。」

他認同了黑乃的敵意。

這代表他承認自己的行動，對黑乃來說實屬傷害。

而這句話證明，他是明白這些行動會造成損害，才採取那些行動。

黑乃得到月影的證實，更進一步地逼問。

「為什麼您會做出這些事？」

「我在記者會上都說明得很清楚了。伐刀者是國防的重鎮，但是現在的日本卻將養育伐刀者的大部分責任委託給他國的機構。更別說連執照的發行權限，都在對方的手中。我們不要說是發行執照，連使執照失效的自由都沒有。國家處在這種狀態下……很難稱得上是健全，妳也這麼認為吧？我是為了導正錯誤而行動，畢竟我背負著整個國家啊。」

月影面對黑乃的逼問，他並沒有給出什麼有新意的回答。

這些全是他以前在記者會上述說過的事。但是──

「我不認為這些就是全部的理由，老師還隱瞞了什麼事。」

「怎麼會呢？唔嗯……新宮寺吸取武曲學園的做法，對學園進行了劃時代的改革。我認為這樣的妳，應該會了解我這番劃時代的新做法才是啊。」

「很遺憾，老師的舉動已經遠遠超越我能理解的範疇了。的確，幕之內理事長就任武曲學園理事長之後，擅自增加了獨特的校風與校規，採取聯盟不曾採用的教育方針，最後得出相當豐碩的成果。幕之內理事長也因此被〈聯盟總部〉視為眼中釘，這的確是事實，但是……他的行為都還在一般常識的範圍裡，和老師完全不同。您雇用了恐怖分子，這可是非法手段啊。」

「嗯？恐怖分子？以我的立場，我只能回答妳：『妳在說什麼？我完全聽不懂呢。』」

黑乃強烈的否定，月影只是困擾地笑了笑，裝傻到底。

果然沒辦法從他口中直接逼出話來。

正當黑乃心中漸漸萌生退意之時。

「不過呢，『非法才好』啊。只有非法，才能破壞錯誤的法律。」

月影語氣冰冷地說道。

「……！」

聽見他的這句話就夠了。

黑乃也不是沒頭沒腦地就跑來這個地方。

她事前就做好充分的預測與查證。

黑乃考慮過各式各樣的可能性，去推測月影會做出這次行動的理由，因此——

「老師、您……果然是這麼打算的嗎？」

黑乃徹底明白了。

月影方才的話語，以及他特地採取非法手段的態度。黑乃從這一鱗半爪的線索之中，明白了月影真正的目的。

而這也證實事情已經進入……自己描繪出的狀況中，最壞的那一個。

「妳說果然，指的是什麼事呢？」

「『奪回伐刀者教育權』……這件事一開始就很詭異。您為了奪回伐刀者教育權，設立了國立學園，從〈解放軍〉的恐怖分子中挑選學生，藉由他們在七星劍武祭中大顯身手，確立國立學園無可動搖的地位——這個手段**實在太過拐彎抹角了**。」

說到底，考量到日本在聯盟中的立場，「奪回伐刀者教育權」這件事本身並不難。

日本早已是國際騎士聯盟不可或缺的國家。日本不但是世界第三的經濟大國，然而包括經濟實力，國家本身對於價值觀不同的宗教也相當寬容，因此日本能在信仰不同神明的國家之間，扮演潤滑劑的角色，鞏固國與國的關係。

因此只要正式與聯盟交涉，「奪回伐刀者教育權」這種程度的要求，基本上是可行的。

聯盟要是拒絕這個要求，導致日本脫離聯盟，對聯盟本身也是弊大於利。

因此——

「『奪回伐刀者教育權限』這件案件，只需要藉由交涉就能解決。堂堂一國首相，就因為這種程度的案件，勾結恐怖分子，引起幾近於內亂的騷動，一切實在太過異常了。您的行為對比案件的程度，根本是大題小作……我一直很在意其中的原因。而您剛才這句話，終於讓我肯定了一件事。

思考的方向**應該要反過來**。

也就是說，您並不是為了『奪回伐刀者教育權限』才採取『非法手段』。

老師是為了行使『非法手段』，才拿『奪回伐刀者教育權限』做為藉口。」

「……為什麼我要做這種事？理由是什麼？」

「我沒有線索推測，所以不清楚老師個人的動機。

但是事到如今，您的行動只有一個理由。

老師並**不想與聯盟進行交涉**。

只要聯盟讓步，實現了『奪回伐刀者教育權限』這個目的，日本就能繼續存在於國際騎士聯盟之中。這樣一來，老師真正的目的就永遠無法實現了——您真正的目的，就是**在日本與聯盟之間撕裂一道無法修復的傷口！**」

黑乃確信，這就是月影真正的目的。

黑乃早已回報聯盟分部，曉學園與〈解放軍〉有關聯。這件事當然也已經傳回總部了。

事已至此，以聯盟的立場……他們當然不可能妥協，與日本進行交涉。

因為這麼做，就代表他們屈服於恐怖分子。

月影也明白——不，他會刻意採取強硬手段，就是希望事態演變成如此。

一切都是為了他真正的目的：「日本與聯盟徹底決裂」。

而黑乃的判斷——

「……呵呵呵，真不愧是瀧澤。妳以前就非常的聰明呢。」

月影異常爽快地肯定了她的想法。

月影邪邪一笑，與方才判若兩人。

「妳都已經猜中了大部分，我再繼續隱瞞反而顯得丟人呢。嗯，大致上就如同瀧澤的預料，我的最終目的，就是徹底切斷這個國家與國際騎士聯盟之間的關係。」

「為什麼您要這麼做……！難不成像老師這樣的人，也會被某個國家收買嗎!?」

「怎麼可能？我當然不是被人收買，一切都是為了這個國家……國際騎士聯盟不過是弱者的集團，日本不應該繼續隸屬其中啊。這個國家有能力獨自維持主權，就算隸屬於聯盟，也只是幫其他國家擦屁股罷了，對本國根本沒有任何益處。」

「唔………」

黑乃聽了月影的解釋，神情更加險峻。

他的話語，有一部分是真實的。

國際騎士聯盟等同於國與國之間的互助機構。當隸屬於聯盟的國家遭受非聯盟加盟國的入侵，這個組織便會充當國家之間的橋梁，迅速且圓滑地提供兵力或物資上的支援。

性質上很接近醫療保險。

也就是說，除非國內染上了名為「戰爭」的疾病，不然就接受不到組織的恩惠，還得為了他國持續出資。

越南、伊拉克、以色列——

日本在這半世紀以內，一次也未曾與他國進行戰爭，卻得數次派兵與支援物資，這些負擔對國家來說，絕對不算小。

單就這點來看，日本根本吃了大虧。一般民間也對此抱持同樣意見。

月影率領的現任執政黨高舉「脫離聯盟」的旗幟，在這半世紀中勢力逐漸擴大，也是起因自這樣的時代背景。

因此，黑乃也能理解月影的主張。

理解歸理解，但是——

「……您真的這麼認為嗎!?這個島國的資源與國土都是如此貧乏，真的能持續獨立於中國、俄羅斯、美國三大國之間……您是認真的嗎!?」

黑乃並不這麼想。

日本繼續隸屬於聯盟的話，負擔的確很大。

而日本確實是有所損失，這點是貨真價實的。

但即使如此，這個國家在這半世紀以來，也確實是受聯盟庇蔭。

要是失去這層保護，這個國家究竟會變成什麼樣？

黑乃無法想像。

就因為黑乃無法想像，所以她才對月影的做法感到恐懼。他的做法可能會使這個國家，甚至是這個世界的構造產生劇烈的變化。

但是月影不同於焦躁不安的黑乃，他的臉上看不出一絲動搖。

「我當然是認真的。我一定會為這個國家，取回國家應有的榮光與版圖。」

他肯定地告訴黑乃。

「您為了這個目的，寧願不擇手段？」

「妳說得沒錯。就是這樣，我就是為了這個目的，才創設了曉學園……曉學園必定會稱霸這場大賽，如此一來，國民就不再寄望國際騎士聯盟的支配。我的計畫已經無法停止了。」

「…………」

「呵呵，妳看起來完全無法理解呢。但這也沒關係，我本來就不希冀妳的諒解。思想的自由是國民應有的權利，妳要批判、要失望，隨妳所願…………但是這個國家的首相是我，這個國家的動向由我決定，誰也不能阻擾我。」

月影以嚴厲的語氣做了總結，隨手將香菸捻熄在一旁的菸灰缸中。他的話語之中，能夠感受到某種堅韌又沉重的意志。

最後，他走向吸菸室的出口，同時落下一語——

「事關重大，這件事早已非一介教育者能夠插嘴，妳要搞清楚自己的立場。」

他與黑乃擦身而過的同時，這麼說道，彷彿在教訓愚笨的學生。

而這句話也讓黑乃明白了。

他們早已分道揚鑣。

月影逐漸遠去的腳步聲，那稍嫌堅硬的聲響也說明了，他不打算繼續停留此地。

而自己也無力阻止他——

但是——

「老師的野心，的確非一介教育者能夠插手。」

月影即將走出房間，黑乃則是背對著他，不打算回頭：

「但也要曉學園能夠在這場大賽中獲得優勝。既然如此，就算我不插手，您的野心也會毀於一旦——而且是藉由我的學生之手。」

黑乃將內心的肯定付諸言語。

她的聲音絕不響亮，但語氣卻強而有力。

對此，月影握著門把的手微微一滯：

「我很期待……他們會成為曉的絕佳陪襯呢。」

他語畢，接著離開房間。

於是，新宮寺黑乃了解月影的真正目的。

但是直到這場大賽的最後，她都沒有將房間裡得知的一切，轉告一輝等人。

她並不打算告訴他們，然後將這個國家的命運交託給他們。

因為這件事，和比賽之餘進行的賭博沒有兩樣。

（這些比賽之外的骯髒舉止與企圖，不需要讓他們知道。）

他們只要單純地為了自己而戰。

這樣一來——他們一定會贏得勝利。

曾幾何時，黑乃也曾以這個舞台為目標，在頂點上與〈夜叉姬〉激烈死戰，所以她很明白。

不論曉的成員們實力如何強悍，他們都缺少了決定性的事物。

那就是，投注於名為「七星劍武祭」的舞台上，這份炙熱的熱情。

他們沒有這份熱情，還想在這場戰役中贏到最後，簡直貽笑大方。

先不論其他戰鬥的舞台，單就這場七星劍武祭，他們要是沒有這份熱情，根本不可能贏得勝利。

破軍學園壁報

角色介紹精選　　文編・日下部加加美

OMA KUROGANE

黑鐵王馬

■PROFILE

隸屬：國立曉學園三年級

伐刀者等級：A

伐刀絕技：斷月天龍爪（Kusanagi）

稱號：烈風劍帝

人物簡介：原武曲學園校內排行第一名

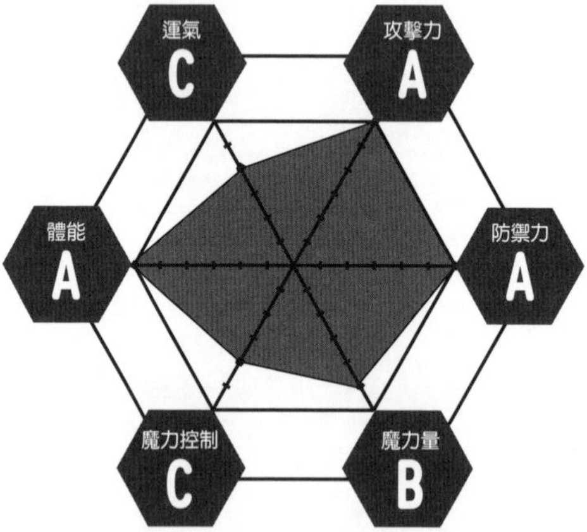

加加美鑑定！

日本學生中唯一的A級騎士。小學盃時期曾經獲得U－12（Under）世界大賽優勝，是相當知名的選手。不過當他升上中學之後，就不再出場官方比賽了。

他直到去年為止，都不曾參加七星劍武祭，今年才終於恢復出賽。這之前他在哪裡，做了些什麼，幾乎全是謎團。不過他強悍的實力依舊存在，毫無疑問會是這場大賽的優勝候補之一。

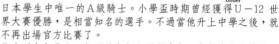

第二章

浪速之星

宴會的隔天，也就是七星劍武祭開幕前一天。

一輝、珠雫與有栖院三人為了吃晚餐，前往旅館的大廳。

七星劍武祭之前最後的晚餐，三人打算在外用餐。

契機是昨天宴會會場上的那一幕。

一輝換下被莎拉扯破的衣服後，宴會又持續了一個多小時。

而宴會即將結束時，諸星忽然向一輝和珠雫搭話。

『喂、黑鐵，你明天已經決定好去哪裡吃晚飯了嗎？』

『還沒決定，不過應該會在旅館的餐廳解決吧。』

一輝並沒有特別決定，便這麼答道。接著諸星忽然露骨地皺起臉：

『這可不行啊！難得來一趟大阪，可要吃吃地方特產啊！』

『原來如此，不過大阪的特產是什麼啊？』

『一般來說都是麵粉類食物吧。章魚燒雖然好吃，不過章魚燒說到底還是算點心啦。如果要當正餐吃的話，就是御好燒啦。』

『哥哥，我們不是在東京的嵐月吃過御好燒了嗎？』

『笨！妳那就好像吃過 Ringer Hut（註2）的什錦麵，就到處跟人說自己吃過長崎什錦麵一樣嘛！有些東西要在當地才吃得到原汁原味啊……好，決定了，明天的晚飯就是御好燒啦！我會帶你們去大阪第一好吃的御好燒店！』

『咦，那個──』

『那就傍晚五點，在大廳出口會合啦！』

──於是乎，經過這樣的插曲，一行人不知不覺間就訂好行程了。

「那個人真是蠻橫得不得了呢。大阪人都是這樣嗎？」

「我覺得應該沒這回事啊……」

「不過他的邀約，人家倒是很開心喔。因為人家沒吃過御好燒嘛，難得來一趟大阪，人家本來就想去吃一次看看呢。」

「是這樣嗎？妳怎麼不跟我說一聲呢？」

「明天你們都要比賽了，人家也不好叫你們陪我嘛。」

一般來說應該都是如此。

七星劍武祭不是循環賽，而是淘汰賽。

註2 為日本知名的長崎什錦麵連鎖專賣店。

也就是說，只要輸一次，比賽就到此為止。因此所有的比賽，選手都必須維持最高的集中力接受挑戰。

在初戰的前一日，大部分的選手都會拿來集中精神。

平常根本不會有人在這個時候邀人出遊。

「不過人家也沒想到，竟然是明天有比賽的人邀我們出去呢。」

而且對方還是要挑戰七星劍武祭二連霸，他的壓力比起一輝等其他的參賽者，完全是不同等級的。更別說，他邀請的人還是明天的對戰對手。

「他的神經真是粗到讓人傻眼呢。難道他都不會覺得尷尬嗎？」

「如果他會尷尬，就不會來邀我們了呢。」

「……算了，我本來就不太會緊張，這倒也沒關係。哥哥沒事嗎？哥哥人太好了，如果您很難開口，就讓我來果斷地拒絕他如何？」

珠雫詢問時的口氣隱約有著擔憂，因為一輝有前例在。

代表選拔戰時的初戰。

一輝與〈獵人〉對決時，因為緊張過度，導致戰鬥過程非常慘烈。

珠雫自己倒是希望今天一整天都不要有人去打擾兄長，讓他能平穩地度過戰前時刻。

她提到諸星時會語中帶刺，這也是原因之一。

不過——

「沒關係，雖然有點被強迫的感覺，但我如果真的不想去，就會直接拒絕了。」

一輝回答，自己不是半推半就地答應，而是以自己的意志接受邀約。

而他也並沒有說謊。

「就像諸星學長說的，難得從東京大老遠地跑來大阪，確實該吃點好吃的特產……而且——」

「而且？」

「比起獨自在房間提高集中力，和〈七星劍王〉一起坐在餐桌前還比較有趣呢。」

一輝單純只是感興趣。

對〈七星劍王〉諸星雄大這個人本身。

如果想認識他的強悍、他的力量，手段多如牛毛。但是要認識〈七星劍王〉本身，機會可是少之又少。

他的想法，以及活在這條道上的目標。

一輝想試著接觸這些。

〈落第騎士〉比起一個人集中精神，寧願將時間優先分給感興趣的事物。

「……說到粗神經，這邊這位也不輸人呢。」

有栖院有些傻眼地說道。但這也難免。

和明天的對戰對手待在一起，會感到尷尬。不過眼前的這個男人幾乎不會有這麼單純的情緒。

於是三人一走出旅館大廳——

「喂——這裡這裡！」

諸星早就站在旅館入口的噴水池前，等著一輝等人。

「抱歉，你等很久了嗎？」

一輝等人連忙快步走上前。

諸星則是搖了搖頭。

「沒有，你們來得剛剛好。我只是等不及了才先跑來，不用太在意啦。」

他這麼說完，接著像是發現新面孔，直望著有栖院。

「嗯？這邊這位帥哥是哪位啊？」

有栖院原本是代表選手，照片應該早就外傳了。不過諸星似乎不記得有栖院的長相。

他疑惑地望著宴會上沒見過的新面孔。

珠雫走上前——

「他是有栖院凪，是我們在破軍學園的同學，也是我的朋友。」

開口介紹有栖院的身分。

「因為你沒指定人數，所以我擅自邀請他來，不可以嗎？」

「不，不，當然沒問題。吃飯當然是人越多吃起來越好吃啊！」

諸星笑容滿面地回答。

「雖然你可能認識我，不過我還是自我介紹一下好了。我是武曲的諸星。」

他對有栖院報上姓名，接著朝著有栖院伸出右手，想握手致意。

「多禮了，人家名叫有栖院。」

對方的招呼非常有禮貌，有栖院沒道理拒絕。

因此有栖院也主動報上姓名，握住諸星的右手，回禮示意。

然後他緩緩瞇起眼：

「呵呵呵……雖然你口氣有些粗魯，但是舉止卻很紳士呢。是人家喜歡的類型喔。」

「嗄啊!?」

諸星感受到有栖院火熱的視線，雙肩猛然一抖。

但這也怪不了他，初次見面的男性突然對自己說了這番話，要他不嚇到也難。

諸星有些困惑地回問有栖院：

「呃……從哪邊開始才是開玩笑啊？」

「討厭啦，人家是認真的呢。人家可是有著男性身軀的少女喔。」

「喔、喔喔……是、是這樣啊，真是辛苦了……」

「呵呵，真不愧是〈七星劍王〉。手掌這麼緊實，感覺真勇猛呢。」

「嗚哇哇哇喔！」

有栖院纖長的手指輕輕撫過諸星的手背，緊接著，諸星忽然臉色發青，倒退三步。

「啊哈哈，好青澀的反應，真可愛～」

「艾莉絲，不要玩弄他玩弄過頭了。」

「呵呵，對不起。諸星，別太害怕，人家只是開玩笑而已。」

「咦……啊、啊哈哈，這樣啊，什麼啊，原來是開玩笑。我還是有生以來第一次碰到人妖，嚇了一大跳咧……」

「人家才不會對直男出手呢。」

「……人妖的部分是真的啊……」

（看著他，會想起我第一次見到艾莉絲那時候呢。）

諸星的反應與數個月前的自己對照起來，一輝不由得感到懷念。

（我現在雖然是習慣了，不過剛開始還是嚇了一大跳呢。）

不過諸星的適應力似乎還是比一輝強得多。

他清了清喉嚨：

「不、不過沒關係，人妖和直男吃的東西都一樣嘛。」

諸星重新打起精神，再次望向一輝問道：

「……是說，〈紅蓮皇女〉還是不在，她還沒到會場嗎？」

「嗯，她搞不好當天才會滑壘抵達。」

「這樣啊，真可惜。」

諸星嘆了口氣，似乎真的覺得很可惜。

不過一輝能理解諸星的心情。

自己昨天也是想親眼見見未來的對手，才會參加宴會。諸星應該也和自己一樣。

A級騎士〈紅蓮皇女〉。

對〈七星劍王〉來說，應該也是想見上一次面也好——

「她看起來很會吃，我還很期待她會吃空我的錢包咧。」

「咦？諸星學長，你剛才說什麼……」

「啊、啊哈哈！沒什麼啦～我自言自語而已～」

「…………？」

一輝見到諸星忽然眼神飄移，舉止怪異，不禁疑惑地眨了眨眼。

他剛才似乎小聲地碎念了什麼。

不過諸星沒讓一輝多想——

「好了，時間也差不多了，我們該出發了。這個時間的商店街雖然不如東京，但人也是多得很，小心點別走散啦～」

他開口催促眾人出發，然後急忙邁開步伐。

◆◇◆◇◆

一行人從接近會場的車站搭上電車，十分鐘後抵達了目的地的車站。

四人下了電車，在諸星的引導下穿越拱廊，走向商店街。

而在途中——

「啊！是諸星！」

「真的耶，是笨蛋諸星！你在幹麼！今天不是有比賽嘛!?」

「笨的是你們啦，臭小鬼！比賽是明天啦！」

「小星！今年我們也很期待你拿優勝喔！」

「我們拿不到門票，所以沒辦法到場加油。不過大家會在商店街擺幾台電視，一起為你加油！」

「哈哈哈！交給我吧！」

「小雄，我現在要去跟拓先生打麻將，你要一起去嗎？」

「不行啦，我現在要帶東京的朋友去玩，下次吧。」

「阿星！今年你也拿優勝的話，我就捏個鮪魚肚壽司請你吃！」

「大叔你說真的嗎！我記住了喔！絕對要請喔！」

「不過如果你輸了的話，我就把整條山葵醬塞進你鼻孔裡，給我做好覺悟啊！」

不分男女老幼，各式各樣的人都主動找諸星搭話。

有人加油、有人鼓勵、有人調侃——

每個人的口氣都不一樣，但是表情卻都滿是親切。

「諸星學長的人氣真旺呢。」

珠雫像是被眼前的景象嚇傻了，低聲說道。

「就算是史黛菈同學走在街上，也不會這麼熱鬧呢。」

「史黛菈雖然人氣很高，終究是留學生，在地方上還是贏不過現任〈七星劍王〉。」

七星劍武祭是個會進行全國轉播的祭典，學生騎士當然也有粉絲追隨。

而且不限於校內，校外亦然。

其中，七星劍武祭霸者——〈七星劍王〉所擁有的粉絲數量，又是特別龐大的。

「目前七星劍武祭上還沒有人做到二連霸的壯舉。他身為家鄉的英雄，又是最有機會優勝的人選，大家也會對他抱持期待。」

「呵呵，他也是個大人物呢。明明背負著整個家鄉的期待，卻不見他患得患失。」

一輝完全同意有栖院的想法。

「他真的是個很厲害的人——**明明遭遇過那種事**，卻還能獲得這麼多人的期待，他也一一背負他們的期望。」

「……？哥哥，您說的『那種事』是什麼意思？」

「咦……啊、原來如此，珠雫不知道啊……」

一輝聽見珠雫的疑問，不禁皺起臉，暗叫不好。

一輝不小心說溜嘴的「那種事」，指的是諸星的過去。

這件傳聞相當有名，一輝也不是想刻意隱瞞。

有栖院並沒有像珠雫一樣提問，看來他應該也知道實情。

這件事就是這麼有名。

不過珠雫對他人幾乎完全沒有興趣。

也難怪她會不知道。

又或者是她其實聽過，卻因為沒興趣，所以根本沒記在腦海裡。但不論如何——

（怎麼辦？）

一輝實在難以判斷，不知道能不能在諸星面前提起這件事。

對他來說，這或許是個痛苦的回憶。

不過幸好諸星現在正在回應粉絲們的加油聲。

一輝盡可能壓低音量，對身旁的珠雫解釋諸星這段有名的傳聞。

「事實上，諸星學長在小學盃時期，曾經『引退』過一次。」

那是諸星小學六年級時的事。

當時他以〈浪速之星〉的稱號，成為名聞全國的年輕英雄。而在最後的決賽前不久，諸星卻不幸捲入電車事故中，身負重傷。

「他的傷實在太重了，就算使用再生囊之後，似乎還是留下很嚴重的後遺症。醫生甚至判斷他不可能再次行走。」

伐刀者能以魔力護身，基本上碰到這類事故都不會受太重的傷。但是這也是有限度的。

一旦碰上電車脫軌這樣的大規模事故，就算有魔力護身也於事無補。

「當然，他不可能抱著這樣的身體上戰場。所以〈浪速之星〉最後的小學盃因此棄權，同時也逼不得已地從戰場上離去。」

「竟然發生過這種事，不過……他現在已經可以正常行走，也能戰鬥了呢？」

「嗯，是啊。」

諸星走在一輝等人前方，他的步伐踏實，看不出絲毫不穩。

不、他可是去年征服七星劍武祭的英雄，腳步怎麼可能會不穩。

也就是說——

「也就是說，他靠著復健克服了無法行動的後遺症，再次回歸戰場上。」

〈七星劍王〉諸星雄大並非平順地行走在榮耀的道路之上。

他甚至一度墜落在谷底。

然後他花費四年的歲月，再次重返戰鬥的舞台，終於在去年登上頂端。

他的道路，並非平坦易行的平路。

「他辦到了常人不能辦到的事，真的很厲害。」

「……的確如此，他竟然克服了無法自由行動的重傷……」

「不，珠雫。雖然這也很厲害，但我指的並非這點。」

「嗯？」

能克服無法再次行動的重傷，的確是很厲害。但是他不只如此。

「最厲害的，是眼前這副景象。」

當地人依舊笑著向諸星搭話。一輝這麼說完，淡淡瞥向他們。

「在場的人們，誰都不怕諸星學長敗北。沒有一個人顧慮他的傷，也沒有人說著：『身體狀況如何』之類的慰問。他們心中——有著絕對的信賴。」

他們沒有絲毫質疑。

他們相信〈浪速之星〉已經完全復活了。

諸星曾經墜入萬劫不復的深淵，卻又東山再起，重新在人們心中築起屹立不搖的信賴。

「我認為他的成就……比起直線攀上頂點更加遙不可及，真的非常厲害。」

一輝心想，如果有機會，他想問問諸星。

是什麼讓諸星能如此奮戰？

驅使他的核心，內心深處的原動力，究竟是什麼？

這個要素，一定連接著諸星的強悍。

──一輝這麼下定決心。此時，珠雫深深地嘆息道。

「唉……而這麼厲害的人，竟然是哥哥第一戰的對手。哥哥的運氣真的很差，看來您前世犯了相當嚴重的罪孽呢。」

「或許他的運氣都花在有一個好妹妹，和一個可愛的女朋友身上囉？」

「如果真的是這樣，那我也沒什麼好抱怨的了──嗯？」

此時，一輝突然停下了腳步。

往來的人群之中，忽然有道視線刺向他的後頸。

而這道視線，強烈的彷彿在瞪視著一輝。

一輝感覺到這道視線，停下腳步，回過身去。

不過，視線早已斷絕，對方的氣息也被傍晚的熱鬧氣氛掩蓋過去，無法追蹤。

「哥哥？怎麼了？」

「……不，沒什麼。」

一輝這麼回答珠雫，接著快步追上落後的距離，跟上其他三人。

那並不是錯覺，但是既然無法追蹤，再怎麼在意也是徒然。

就在這段小插曲的同時，一行人穿過商店街──

「這裡、這裡，我們到啦──！」

終於抵達目的地的餐廳。

「這裡就是大阪、不，是日本第一的御好燒專賣店，『一等星』！」

◆◇◆◇◆

諸星領著一行人筆直穿越商店街，而目的地的店家就坐落在商店街出口的正前方。

這是一間兩層樓的老舊木造民家，入口掛著紅色暖簾，上頭大大寫著「一等星」。

這棟建築物或許在一輝等人出生、不，甚至是一輝等人的父母出生之前就蓋好了。

漆黑的木造牆面，看起來有種異樣的威嚴。

「……總覺得整間店的裝潢非常特別呢。」

「啊哈哈，是破舊吧。你可以老實講出來沒關係。這間店從大正時代就一直到現在了，外觀會這麼破舊也沒辦法。他們好像從那個時候就在賣御好燒了。」

「不過人家很喜歡這種古老的日本建築喔。會給人一股鄉愁的感覺，很棒呢。」

「艾莉絲不是外國人嗎？」

「人、人家應該有日本血統、應該啦！所以會有感觸嘛……咦？這是？」

有栖院忽然凝視著「一等星」房子外頭的某一處。

「嗯？艾莉絲，怎麼了？」

他發現了什麼？

一輝有些在意，便順著有栖院的視線看去。

他的視線停在入口處的一旁。那裡有個生鏽的郵筒以及門牌。

門牌上——寫著「諸星」兩字。

「咦？『諸星』……這裡該不會是諸星學長的家吧？」

一輝這麼問道。諸星則是一副「完蛋了」的表情。

「唉呦，被你們發現了。本來想保密到你們進店裡，嚇你們一跳的。算了，既然發現了也沒辦法。沒錯，這裡就是我的老家。」

「這麼說來，你是拉客到自己家裡的店啊？你、你真有一套啊～」

「啊哈哈哈！這是當然，我可是浪速的商人，有利可圖怎麼能放過！」

有栖院吃驚地瞪大雙眼。諸星則是若無其事地笑著帶過。

看來堅毅無比的商人魂就是像他這種人啊。

「話雖然是這麼說，不過你們大可放心，我家的御好燒絕對是第一好吃的。怎麼能讓大老遠跑來的客人吃難吃的東西咧？你們不但可以吃到好吃的御好燒，我家也有錢賺，一石二鳥不就萬萬歲嗎？這也就皆大歡喜啦！」

「他說了一大堆，不但語氣可疑，內容也全都是對他有利。我們真的能相信他嗎？乾脆現在去找其他店會不會比較好？」

珠雫的神情滿是懷疑。

雖然一輝不是不能體會——

「不過我們也不知道其他店，應該沒關係吧。」

「如果哥哥沒關係，那我就沒意見了。」

「那我們快點進去吧。人家光是站在外面就一直聞到香味，肚子都快餓扁了。」

「那就這麼決定啦！」

他們拉開有些卡住的拉門，進到店內——

「喔……」

「哇啊……」

醬汁濃郁的香味緩緩掠過鼻腔。

這刺激食慾的香味，比在店外聞到的還要濃上數倍。

珠雫平時對食物不太執著，但這下子連她也不自覺地說出心聲。

「這味道聞起來，感覺很好吃啊……」

「真的，而且店裡也是生意興隆呢。」

就如有栖院所說，現在距離晚餐時間還算早，店裡卻非常熱鬧。

幾乎所有的座位都坐滿客人，要求點菜的呼喚此起彼落。

先不說這間店是不是大阪第一，既然店裡生意這麼好，食物的味道應該差不到哪裡去。

正當滿溢店裡的香氣擄獲了一輝等人的心——

「喂——老媽！」

吵雜的店內響起諸星響亮的呼喊。

一名中年女性原本在鐵板前翻著大量的御好燒，此時她忽然抬起頭，與諸星相似的尖銳雙眸瞪得老大。

「咦？你為什麼在這裡？不是說大賽結束之前都要住旅館嗎？」

「我回來看看最親愛的老媽啊。」

「噁！少開玩笑了！我雞皮疙瘩都要掉滿地啦！」

「有必要說成這樣嘛!?妳這老媽真是不值得孝順耶。」

「我可是終身工作養活自己，才不需要乳臭未乾的小鬼幫我擦屁股。」

「這裡是餐廳耶！少提什麼屁啊屁的啦！」

「小屁孩就是小屁孩，真是沒辦法。各位說對不對啊？」

在場的客人見到這番對話，紛紛大笑。

這樣不拘小節的氣氛，很像是大阪會有的小鎮風格。

「所以咧，你到底回來幹麼？」

「我在旅館認識一些東京人，我帶他們來逛逛。難得來一趟大阪，當然要讓他們吃看看大阪最好吃的御好燒啦！」

諸星用拇指指著後頭的一輝等人。

「哎呀，原來是這樣。」
諸星的母親似乎靠著短短的對話，就明白事情經過。
她停下手邊的工作，滿是汗水的臉龐親切地揚起微笑。
「歡迎你們，我是雄大的母親。勞煩你們遠道而來了。」
「啊，不會，您多禮了。」
「阿姨不知道這算不算大阪第一美味，不過阿姨會很努力地做菜，你們好好期待啊。」
「好的，謝謝您。」
「不過今天人真多啊，有空位嗎？」
「正好現在空了一張桌子，讓他們坐那裡吧。
——小梅～帶客人到座位去～」
諸星的母親指揮著店內。
而一名穿著和服與圍裙的少女聽見她的指示，小跑步接近一輝等人。
這名少女留著妹妹頭，看起來很年輕，大概才中學左右，不像是店員。
「哎呀，這孩子真可愛。她該不會是你的妹妹吧？」
「是啊，她是我妹妹，叫做小梅。不過她和我不一樣，不是伐刀者。」
諸星肯定了有栖院的猜測。
諸星長得很像母親，不過小梅就和諸星長得不太像，可能是比較像父親。

「小梅，帶客人到角落那一桌去。」

諸星雄大的妹妹・小梅點了點頭，順著母親的指示，走到一輝等人面前。

而她和一輝對上眼的瞬間——

「…………！」

小梅大大的雙眸圓圓睜開，默默地露出吃驚與疑惑的神情。

（嗯？）

一輝疑惑地歪了歪頭，不知道發生什麼事。諸星則是從旁補上一句：

「她是看到我明天的對戰對手來了，嚇了一跳吧。」

「啊，原來如此。」

不過小梅的吃驚只有短短一瞬間，馬上變回職業笑容。

從這點就看得出她是商人的女兒。

她舉止優雅地行了禮，接著從和服的寬袖中取出素描本。

『歡迎光臨♪』

她露出溫和的笑容，翻開素描本，接著把上頭圓潤可愛的字跡秀給一輝等人看。

「咦……」

不只是一輝，後頭的兩人也因小梅意外的舉動滿臉疑惑。

但這也難免，畢竟沒多少店員是用筆談來招呼客人。

諸星似乎也猜到一行人的反應，馬上從旁補充說明。

「她只是不能說話，別太在意啊。」

「啊，所以才用筆談啊……」

「沒錯，不過她的問題也不是出在身體上，似乎是精神上的毛病。」

一輝的語氣帶了點顧慮。但諸星則是毫不在意，語氣明亮地回答。

而小梅自己在素描本上：

『人家比較淑女嘛。』

寫下了俏皮的話語。

「妳好意思說，明明是個任性小鬼。」

兄長用指尖戳了戳小梅的額頭，小梅則是露出愉快的表情。

突然間聽見對方沒辦法說話，一輝一時之間有些困惑——不過當他見到兩人和樂的交流，也自然地露出微笑。

「你們感情很好呢。」

「畢竟她是我唯一的妹妹嘛，而且又可愛得很呢。」

此時，一輝忽然感覺身後有人在戳他的背。

他疑惑地轉過身——

「我也是唯一的可愛妹妹喔。」

珠雫突然做出這番莫名其妙的發言。

（……這該叫我做何反應？）

一輝雖然搞不清楚狀況，但還是模仿諸星，戳了戳珠雫的額頭。

「唔～～～～！」

珠雫的表情感覺有些不自在，卻又開心地綻開笑容。

……她該不會在和諸星兄妹抗衡吧？

要搞清楚珠雫的心思真的挺困難的。

「哎呀，不過啊。我今天明明來得算早，怎麼還是這麼多人啊？」

諸星看了看店內的狀況，這麼喃喃自語道。

小梅則是飛快地揮動手上的筆。

『這些人都是從郊區來看七星劍武祭的。今天有好多客人都是生面孔。』

她簡單寫下今天店裡的狀況。諸星看完後決定：

「這樣啊……嗯——那我也來幫忙比較好。抱歉啊，只能招呼你們到這裡了。店裡有點忙，我得先去幫我老媽的忙。」

「哎呀，你不一起吃嗎？」

「原本是這麼打算的啦，不過現在客人有點多。」

的確，店內明明不算小，現在卻幾乎沒有空位。

鐵板的每個角落都在運作，升起冉冉白煙。

光是從旁觀看，就看得出他們非常忙碌。

「我明白了，你先別管我們，去幫忙你家人吧。」

不能和諸星聊天的確有些遺憾，但要他在這種狀況下招呼自己，一輝也會覺得不好意思。

於是一輝語帶顧慮地回答。諸星則是微微彎身致意。

「抱歉啦，明明是我主動邀你們來的。要點什麼，跟小梅說一聲就好。今天我請客，別太客氣，喜歡吃什麼就點什麼。」

「哎呀，你不是想拉客嗎？」

珠雫吃驚地瞪大雙眼，這麼說道。諸星則是像個惡作劇成功的少年，愉快地笑著：

「那當然是開玩笑啊。關西人笑著的時候說的話，最好都不要當真。」

看來諸星之前說的話全是玩笑，他一開始就打算請一輝等人吃一頓了。

不過這樣一來——

「這樣不太好吧。我們自己會付帳的。」

他們昨天才第一次見面，實在不好意思讓幾乎是初次見面的人請客。

一輝雖然打算推辭——

「沒關係啦，也不是什麼很貴的東西。」

「不，可是……」

「我說了沒關係。我可是三年級的學長喔，要乖乖聽學長的話啊。」

……到最後，還是被強迫接受了。

煎台。

諸星這個男人各方面都很強硬。

「小梅，之後就拜託妳啦。」

諸星見到妹妹點了點頭，便將一輝等人交給妹妹，重新綁緊額上的頭巾，走向

小梅目送諸星離去後，再次面向一輝等人。

『那讓我帶你們到座位那邊～』

她翻開素描本的頁面，秀出上頭的訊息。

看來素描本上已經寫好常用的字句了。

於是小梅領著三人，來到店裡頭的桌位。

『各位的座位在這裡，請坐♪』

「謝謝。」

一輝等人道了聲謝，便各自入席，隨意點了些料理。

小梅將一行人的餐點寫在素描本上，讓他們確認過之後，便回到廚房裡。

三人目送她離去後，在座位上放鬆，等著餐點送來。

——就在此時。

「什麼啊。所以霧子小姐沒有和諸星交往啊？」

「所以我不是說過很多次了嗎～而且他根本不是我喜歡的類型。」

後頭的座位傳來這樣的對話。

那是兩名女性的聲音，而其中一人的聲音……一輝昨天才聽過。

一行人心想：「該不會是……」同時看向餐桌。

對方似乎也發覺一輝等人，便轉過頭來：

「咦？」

「啊——」

「哎呀呀。」

五人的視線同時交會，而對方的身分正如一輝所想——

「藥師學姊！」

那是〈白衣騎士〉藥師霧子，以及強化集訓也來過的記者，武曲學園新聞部的八心。

◆◇◆◇◆

一行人在意外的場合無預警地再會。

這實在太偶然了。如果是大賽會場附近或旅館的餐廳倒還好說，大阪市中心的麵粉類食物的店面可是多如繁星，他們萬萬沒想到，會在同一間店裡遇見其他學校的七星劍武祭代表生。

一輝一開始是這麼想的。不過他聽完對方的解釋之後，才發現這並不是偶然。

畢竟——

「咦!?醫好重傷的諸星學長的醫生，就是藥師學姊？」

「是啊，這也是意外的緣分呢。」

霧子並不是來這裡吃御好燒，而是來見諸星。

「不，與其說是意外，藥師學姊不是和諸星學長同年……妳應該沒有醫生執照吧？可以做這種事嗎？」

「反正都治好了，有什麼關係呢？」

（是、是這個問題嗎……）

一輝當然覺得有關係，不過太深入這個話題，感覺只會倒大楣而已。

「所以……藥師學姊只是來看看以前的病患嗎？」

一輝不刻意追究，單純只問霧子今天在場的目的。

霧子的回答半是肯定半是否定，她曖昧地點了點頭：

「與其說是來看病患，不如說是出外診呢。」

「咦？」

出外診——一輝聽見這個名詞，胸中忽然一陣不安。

「諸星學長還沒完全痊癒嗎？」

一輝這陣不安，是出自於擔心諸星的健康。

不過霧子馬上否定了一輝。

「沒事的，他早就完全痊癒了。不過他進行的療程相當勉強，這只是我個人進行的事後護理。畢竟我也不希望自己治療過的病患出了什麼差錯呢。」

「呃……也就是說，這次外診是出自藥師學姊個人的好意嗎？」

「沒錯。」

「是這樣啊……太好了。」

一輝這才放下胸口的大石。

難得能和〈七星劍王〉一戰，要是對方因為舊傷導致體能受損，未免太過遺憾。

「事情就是這樣，我只是想做個事後診療以防萬一，不過他卻不在旅館的房裡。後來去問了城之崎同學，才知道他回老家了，我才來他家。不過我是搭計程車來的，似乎比他早到了一點……真是失策呢。都怪我太早到，這邊這位記者小妹才起了莫須有的疑心。」

霧子說完，便恨恨地望著八心。

從稍早聽見的對話看來，八心似乎懷疑霧子和諸星有什麼不良異性往來，正在猛烈地追問。

「哈哈……該怎麼說，您真是倒楣啊。」

「就是說啊。」

「不，不，話雖然是這麼說，不過諸星不是老早就痊癒了嗎？妳還這麼老實的跑到舊病患的家裡，看起來就像是醫生與病患之間有一腿嘛。緋聞的味道重得跟瑞典醃鯡魚一樣，我怎麼能不問呢？」

「別開玩笑了，那男人眼神凶惡得要命，看起來跟野獸沒兩樣，完全不是我的菜。人家喜歡的類型啊，是像黑鐵同學這樣外貌可愛的小弟弟呢。」

「耶!?」

一輝聽見自己忽然被拿來比較，不免失聲驚叫。

不過對方見到一輝如此清純的反應後——

「嗯哼♡……要不要讓大姊姊幫你來個賽前健康檢查呢？我會給你很多特別服務喔？」

霧子略帶熱度的眼神掃過一輝全身，並且緩緩轉過身，特地解開白衣，換了個坐姿，隱約展露自己傲人的胸部線條。

這畫面實在太過衝擊了。

尺寸雖然敵不過史黛菈，不過那成熟女性特有的性感魅力依舊重擊了一輝的眼球。

（話又說回來，健康檢查還能增添什麼服務啊!?）

這種健康檢查，最後一定會診斷出高血壓。

正當一輝腦中一片混亂的同時——

「很抱歉——」

珠雫彷彿要護住一輝似的，從有栖院身旁移動到一輝身邊，介入兩人之間。

霧子依舊對一輝拋媚眼，珠雫便瞪著霧子：

「低俗的女人有史黛菈同學一個人就夠多了。」

「妳應該有比較好聽的說法吧!?」

一輝打從心底慶幸史黛菈不在場。

一旁的八心……忽然詢問有栖院：

「話說回來，小凪你們也是被諸星帶來這裡的嗎？」

「哎呀，妳怎麼知道？」

「果然是這樣。」

有栖院沒理由隱瞞，老實承認。

不過從八心略帶肯定的口氣聽來——

「諸星他該不會常常帶人來吧？」

「嗯，不過也不到常常啦，每當其他學校有很強的學生過來進行交流戰，他偶爾會帶他們過來。這也是諸星獨特的歡迎方式啦，歡迎強敵們大老遠來到大阪這樣。我猜想今天也會這樣，所以就半是期待地跑來蹲點，搞不好會聽到什麼有趣的事。

不過，我沒想到他竟然挑一個明天要一決死戰的對手來，真的是神經太大條了。」

「的確，普通人不會這麼做呢。」

「……堂堂接受招待的你也沒資格說人吧。」

「哈哈……我知道自己很粗神經啦。」

不然也不會想以F級的身分挑戰〈七星劍王〉的寶座。

（不過，歡迎敵人啊……）

感覺很像諸星會做的事，他就是給人一種豪傑的印象。

一輝這麼心想——

珠雫前方的霧子忽然——

「呵呵……不過諸星可不像你們所想的，只是**粗線條**而已喔。」

她這麼低聲呢喃道。

「什麼意思啊？」

「就是字面上的意思。他今天會招待黑鐵他們來，的確也有歡迎他們的意思……

不過他應該另有**企圖**。」

「企圖？」

同樣出身武曲學園的八心聽見如此負面的字眼，不禁皺起眉頭。

「什麼啊？妳該不會是說他想請黑鐵他們吃一頓美食，然後明天戰鬥的時候以此要脅他吧？諸星這種人才不會有這種小聰明咧。」

「呵呵，是啊。他的確不會……倒不如說是相反。」

（相反？）

相反是什麼意思？

一輝正想思索霧子話中的含意——

「嗚哇！嚇我一跳！怎麼變成一大團人了！」

諸星端來了餐點，同時他的驚呼也中斷了一輝的思考。

◆◇◆◇◆

諸星將五人份的料理放在兩個托盤裡。當他送到桌邊時，見到在場的面孔，忽然高聲驚呼。

「小梅是有告訴我**醫生**來了，不過沒想到妳也在啊，八心。」

「你真沒禮貌，看到少女的臉蛋，竟然只有一聲『嗚哇』。」

「小狗仔，那是因為妳平時壞事做多了。妳沒有給醫生和黑鐵他們添麻煩吧？」

「我才沒有給他們添任何一點麻煩。」

「呃。」

八心回答得實在太理直氣壯，霧子不禁目瞪口呆。

（我才不想被這個人說粗神經啊…………）

她早就超越粗神經，根本是厚臉皮了。

「話又說回來，你才沒資格說我。明天就要比賽了，你竟然還把下一場對戰對手抓來家裡，太沒常識了吧。」

「我又沒有強迫他們，沒差吧？」

「難說喔。你長得那麼凶惡，搞不好人家只是不敢拒絕而已。」

諸星被八心這麼一說，不禁失笑。

「少說傻話了。我這種程度就會嚇傻的傢伙，怎麼可能出賽七星劍武祭。對吧？」

「至少我確實不是被強迫來的。」

諸星聽見一輝的回答，滿足地露出「看吧！」的表情。

不過，他馬上又沉下臉。

「……不過難得聚集這麼有趣的成員，我也想坐在這裡啊。這時候還得工作，真是太倒楣。」

諸星一邊惋惜地低語著，一邊熟練地將料理擺上兩張餐桌。

擺在一輝面前的是豬肉蛋。

尺寸約有一個小披薩大，分量非常充足。

「讓你們久等啦。這是你們點的三份豬肉蛋以及兩份豪華海鮮。」

「喔喔，聞起來好香……而且上頭的柴魚真的在跳舞呢。」

有栖院出身外國，這是第一次見到真正的御好燒，頓時興奮了起來。舞動的柴魚散發出美味的香氣，促使其他人拿起免洗筷。

霧子方才說的「企圖」，究竟是什麼意思？

一輝雖然有點在意，但是看現在的氣氛，似乎不適合繼續這個話題。

（也不可能當面問諸星學長本人『你到底有什麼企圖』啊。）

那麼自己也就先填飽肚子再說。

一輝想法一轉，也拿起自己的免洗筷，望向擺在自己面前的大片豬肉蛋。

此時，一輝忽然察覺有異，這和他以前在東京見過的御好燒，似乎有些不太一樣。

（啊，原來如此。）

「這間店的桌子上沒有鐵板呢。」

「是啊，要是裝了那玩意，瓦斯費可不得了，而且會只有單面煎過頭。雖然有鐵板會比較有氣氛，不過我們家是沒有啦。我們煎出來的御好燒已經是最美味的熟度，所以希望客人能直接享用啦。」

原來如此，不愧是號稱大阪第一，他們也是有各種考量。

那麼他也應該趁熱享用這份完美的料理。

一輝這麼心想，便用筷子將自己那份豬肉蛋切成適當的大小。

「那麼，我開動了。」

他對請客的諸星道聲謝，將料理送進口中。

接著在舌上輕輕一嚼，下一秒——

（喔喔……！）

一輝讚嘆地睜開眼。

的確，這和以前在東京吃過的御好燒完全不一樣。

非常美味，完全是不同層次的美味。

這味道的主角並不是醬汁或豬肉，而是麵底。

而且麵底裡的高麗菜，吃起來非常新鮮、甘甜，細細品嘗之後，能感受到更深一層的醍醐味。

「哇啊！這太好吃了！對不對，珠雫？」

「……嗯，和在東京吃過的御好燒完全不一樣呢。東京那裡的御好燒只有醬汁的味道，非常鹹，可是這裡的御好燒卻很甜，感覺醬汁的鹹味襯托著麵底的甜味。不過分量對我來說有點太多了。」

有栖院和珠雫似乎都非常喜歡這道料理。

尤其是珠雫，她難得地多話了起來。

珠雫雖然食量不大，對美食卻很講究，能讓她讚賞到這個程度實在不容易。

其他兩人也滿足地塞了滿口熱騰騰的御好燒。

諸星見狀，開心地大笑。

「啊哈哈哈！你們看吧，我就說很好吃了～我們家的御好燒還加了特別的東西提味呢。黑鐵，你吃得出來嗎？」

「提味嗎……」

一輝被這麼一問，這才將意識集中在舌頭上，一邊咀嚼一邊思考。

主要的味道是高麗菜的新鮮甘甜，以及麵底本身柔和的甜味。

而這份御好燒最大的特徵，就是以醬汁的鹹味引出並提升這些甘甜。

但是還不只如此，裡頭還藏著意外的「深度」。

咀嚼並吞下喉嚨後，依舊殘留在口中的甘美。

這份甘甜，並非只有高麗菜。

高麗菜的甘甜，應該是能清爽滑進喉嚨中的味道。

（——應該就是諸星用來『提味』的材料，產生了這份深度。）

「唔嗯——……這該不會是起司吧？」

一輝仔細品嘗確認，認為餘留的甜味和起司蛋糕有些類似，便如此回答。諸星佩服地開口：

「哦哦，你的味覺很不錯嘛。正確答案，我家的御好燒就是加了起司來提味。」

起司加入的量不多，所以起司的味道並不會蓋過其他材料。

不過就諸星的說法，這一點點的起司，就能為料理增添風味與深度。

「名副其實的『提味』呢。」

「人家聽到『拉客』這個詞的時候，還有點不安，不過這道料理吃起來真的很滿足，有跟來真是跟對了。」

沒錯，正如有栖院所說。

一輝等人在東京吃過的御好燒，和眼前的料理根本有雲泥之別，完全是不同的料理。

諸星並沒有說謊。

能來真是太好了。一輝真心這麼認為，而正因為他這麼認為——他問向諸星：

「那個、諸星學長，這麼好吃的東西，讓你請客不太好吧？」

「沒關係，沒關係。而且是我帶你們來的，如果我還跟你們收錢，老媽會狠狠教訓我一頓的，所以你們別太在意啦。就當作是我歡迎老遠跑來大阪的勁敵囉！」

「不過總覺得是我們占你便宜，很不好意思……」

雖然一輝沒有別的比較對象，不知道「一等星」的御好燒算不算是大阪第一，但這道料理是貨真價實的美味。

明明是七星劍武祭的前一天，諸星卻花了自己的時間，帶一輝等人來到這裡，一輝真的非常感謝他。如果還讓諸星請客，一輝實在過意不去。

諸星則是露出親切的笑容，對一輝這麼說：

「那麼，**你就在明天的比賽裡還我就好啦**。」

「在比賽裡？」

一輝不懂他的意思，直接回問諸星。諸星則是點點頭：

「沒錯。人吃了好吃的東西，就會有幹勁對吧？所以你今天就好好養精蓄銳，明天**就以最好的體能和我比賽**，而且要好得無與倫比啊！這樣我也請客請得值得——我要是能擊敗這樣的對手，就更能證明自己的強大。」

「————！」

一輝此時才發覺一件事。

仔細一瞧，諸星親切的笑容之下，那雙眼瞳的深處裡——

正燃起熊熊的鬥志，這份鬥志強得足以使人寒毛直豎，幾近於殺意。

一輝察覺他隱藏在心中的鬥志，同時——

（正好相反啊……）

一輝也理解霧子的意思。

沒錯。諸星的企圖，並非是想藉著善待對手，以便在戰鬥中取利。

事實正好相反。

他盡自己所能款待自己的對手，幫助對手頤神養氣——希望對手在即將到來的戰鬥中，以最佳的狀態與自己戰鬥。

對手的輕忽大意，或是惡化的體能導致僥倖獲勝，對諸星來說根本毫無意義。

他希望與狀態極佳的對手，來一場拚盡全力的死鬥。

最後得來的勝利，對他來說才是有意義、有價值的。

這正是〈七星劍王〉諸星雄大的騎士道。

「難得能在最棒的舞台上一決勝負，不論是我或是對手，我都不希望留下遺憾。所以明天，我們就彼此全力以赴吧。〈無冕劍王〉，你說好嗎？」

彼此全力以赴。

這句話，代表站在學生騎士頂峰的〈七星劍王〉承認了身為F級騎士的一輝。他認同一輝是一個值得全力以赴的對手。

一輝求之不得。

賭上全力一戰之後，所獲得的這份勝利。

一輝和諸星一樣，將之視為無上的榮耀。

不過是個忽然冒出來的F級，被人小看是理所當然。

而曾經立於頂點的男人，願意認真與這樣的自己相對而立。

（今天能來到這裡，真是太好了。）

一輝得知諸星的心意後，深切地這麼認為。

眼前的強敵視自己為強敵，要求自己全力以赴。

身為騎士，身為習武之人，這是無上的讚譽。

那麼，他沒有理由拒絕這份企圖——！

「……要是這樣，我會很榮幸讓你請這一餐。

然後明天我會毫無保留地恩將仇報。」

「儘管來吧！」

◆◇◆◇◆

一輝等人在那之後，又在「一等星」裡待了一個小時左右，才離開了店面。

雖然諸星希望一輝等人能坐到他有空為止，不過等到他們吃完晚餐，店內的客人依舊不減反增。諸星看起來也實在空不出時間，他們再這樣坐下去，要是妨礙店裡做生意就更不好意思了。

「呼～人家好久沒吃得這麼撐了。」

「的確，肚子有點難過。」

「真是的，艾莉絲跟哥哥還吃到兩片，吃太多了啦。你們又不是史黛菈同學。」

「不，如果是史黛菈的話，兩片還不夠呢。」

（要是讓史黛菈聽見，恐怕又要吵起來了呢。）

一輝不禁懷念起她們之間的喧鬧。

史黛菈與〈夜叉姬〉的修行，不過才過了一週又幾天。

（……今天要是史黛菈也在，一定會更熱鬧吧。）

© Won

他們還在學校的時候總是寸步不離，一旦分開，反而更覺得寂寞。

所以一輝心想。

（等到大賽結束之後，再來諸星學長的店裡吧。）

下次要帶上史黛菈。

她一定會很開心。

一輝感受著胸口一掠而過的寂寞，這麼在心底起誓。

而他從剛剛開始就很在意一件事，於是詢問走在一旁的霧子。

「話說回來，藥師學姊。」

「嗯？什麼是呢？」

「妳不是要幫諸星學長做檢查嗎？怎麼跟我一起走出來了？」

一輝在意的事就是這個。

霧子本來的目的是為了幫諸星做檢查，但是直到最後，她只吃完了晚餐，就跟一輝一行人一起離開店裡了。

一輝心想她該不會是忘記了，所以才開口詢問。

不過霧子經他一問，看起來卻一點都不慌張。

「哎呀，我已經做完檢查了喔。」

她理所當然地答道。

「咦？什麼時候？」

「嗯哼♡像我這種程度的水術士，就算隔著衣服，也能輕易觀察出血液與淋巴的流動——只要我想，甚至能從體液的流動讀出對手的想法，也可以干涉體液的流動，控制對方的身體呢。」

「好厲害……！」

一輝不自覺地驚呼出聲。

「原來如此，昨天妳就是這樣封住多多良同學的行動……」

「正確答案。這個技術原本是為了輔助病患的復健，用來教訓傻瓜也很好用呢。而且……」

「而且？」

「隨心所欲的操縱他人是一件很愉快的事喔。」

霧子露出非常開心的笑容，嘴裡說的事卻恐怖至極。

一輝在心底悄悄發誓，絕對不想讓她為自己看病。

「所以諸星學長的檢查結果如何呢？」

他問了檢查的結果。畢竟一輝明天還要與諸星一決勝負，他當然很在意諸星的身體狀況。

霧子聞言，則是有些自傲地回答：

「他健康到讓人傻眼的地步，所以你放心好了。也可以說是幸虧我治療過他吧。」

「也就是說，諸星學長現在狀態極佳囉？」

「可以這麼說……你第一戰會很辛苦喔。」

霧子的語氣聽來相當憐憫一輝，不過一輝本人當然不這麼覺得。

倒不如說他很興奮——要是對方狀況不佳，也不值得他恩將仇報了。

五人就在這段對話之中穿越了商店街，來到車站。

「只有我不是回旅館，所以我就先走啦。」

「要不要我們送妳一程？」

有栖院擔心八心一個人回家，這麼提議道。不過她卻拒絕了。

「沒關係啦，現在時間還不算太晚，而且我好歹也是個學生騎士啊。」

於是她踏出步伐，正打算離開一輝等人身邊，此時忽然想起了什麼，轉過身來。

「啊，對了。〈落第騎士〉，我有件事想問問你。」

「看妳這麼正經，是什麼事？」

一輝這麼回問道。八心則是露出哭笑不得的複雜表情：

「哎呀，我就算是隨處聽來的情報，只要有趣就會寫成報導。不過這個傳聞有點太誇張了，所以我想至少問一下實情。」

她這麼說道。

沒想到連八心都會覺得誇張，這傳聞恐怕非常危險。

一輝不自覺流了冷汗，有點戰戰兢兢地催促她：

「是什麼樣的傳聞？」

「啊、嗯……聽說你和〈比翼〉打了一場，還打贏了，是真的嗎？」

「呃——」

一輝聽見八心的疑問，吃驚地瞪大雙眼。

他與〈比翼〉——世界最強的劍士．愛德懷斯之間的戰鬥，是在毫無人煙的校園中進行的。

這件事沒有目擊者，自然也不會登上新聞。

所以他沒想到竟然有人會問他那場戰鬥的事。

而八心見到他的反應，搶先發作：

「咦！你這是什麼反應!?該不會是真的吧!?你真的贏了嗎!?」

「不、不是不是！妳先冷靜點！我的確是和愛德懷斯交手過——」

「真、真的嗎？」

「所以我說妳先冷靜點啦！」

八心一副要吃了一輝似地逼近，一輝雙手抓住八心的肩膀，好不容易安撫八心之後，這才有辦法反駁這件傳聞。

「我的確是與她交手過，但是傳聞只有這部分是對的。我沒有贏，我在打鬥的途中就昏倒了……等到我醒了以後，人已經在醫院的病床上。也就是說，是因為愛德懷斯手下留情，我才能活下來。」

怎麼能讓人有這種誇張的誤會。

八心似乎也認為傳聞是假的，馬上就接受了。

「是、是這樣啊。打贏這部分果然是假的……唉，也是啦。不過你和她交手之後竟然還能活下來，這也是大新聞了！那、那個！雖然你已經要回去了，不過可不可以麻煩你詳細敘述一下戰鬥的過程啊？」

八心挖到了意想不到的大新聞，表情顯得閃閃發光。

不過一輝則是語帶歉意地回答她：

「抱歉，我辦不到。」

「為、為什麼!?我可不會在報導嘲笑你打輸了啊!?」

「不，我拒絕不是因為這個原因……只是因為我記不清楚了。」

「記不清楚？」

「是啊……我記得自己被打得慘兮兮，不過到途中我幾乎是忘我了，尤其是最後結束的部分，記憶很模糊……」

一輝沒有說謊。一輝只記得他使盡全力的〈毒蛾太刀〉輕易地被回擊，導致〈陰鐵〉碎裂。

在那之後的記憶幾乎消失了，他幾乎不記得之後自己是怎麼迎擊〈比翼〉。

所以一輝已經忘了。

忘了自己以劍反擊世界最強劍士的那一瞬間。

事實上，黑乃救出一輝之後，雖然有將這件事告訴一輝，但在他聽起來卻像是發生在別人身上一樣，沒什麼實感。

「事情就是這樣，我能告訴妳的只有『我輸了』這件事而已。」

「原、原來如此……」

八心接觸一輝的時間雖然短，但她也充分了解，一輝不是會說謊的人。

因此她也不再逼問，遺憾地垂下肩膀。

「的確啦，要是只有這點情報，報導的氣氛也炒不起來……我可以用妄想補充嗎？」

「不行。」

「我會讓你輸得很帥的！」

「不行。」

「唔──小氣鬼──」

八心恨恨地望著一輝，不過一輝絕不退讓。

要是讓她擅自塑造角色，不知道整件事會變成什麼樣的故事。

一輝的態度異常強硬，就算是八心也只能老實放棄。

「沒辦法，只好放棄把這件事寫成報導了。」

「這可就幫了我大忙了。」

「……不過，說真的，聽完剛才的事，我對〈落第騎士〉的期待更高了！我很期待明天你和諸星的比賽喔！就這樣，掰啦！」

八心最後為一輝加油了一聲，接著一個人走向公車站。

一行人目送八心離去之後，珠雫向一行人說道：

「反正我們都住在同一間旅館，我們就一起回去吧。」

不過這個提案——

「不，我就不搭電車了，我打算走路回去。」

只有一輝回絕了。

「為什麼？走回去的距離還滿遠的喔？」

「不是啦，我想得太天真了，兩片御好燒果然還是太多。我想稍微運動消化一下。」

而且，比起這點——

「諸星學長的鬥志也影響到我了呢。我有點坐不住，想稍微動一動身體。」

這才是真正的理由。

回旅館就算搭電車也要花上十分鐘，但對一輝來說，這點距離還不算什麼。

珠雫也了解這點。

「這樣啊，我明白了。哥哥，明天的比賽很重要，您要小心別太過頭喔。」

所以她提醒一句之後就接受了。

「當然，我會見好就收。」

「一輝，要不要人家陪你一起去？」

「……不，不用了。艾莉絲，請妳陪珠雫回去。」

「——這樣啊，好吧。」

「那麼，我們明天比賽會場見！」

一輝說完，便沿著八心離開時的另一側道路，小跑步離開。

珠雫見到兄長這副模樣——

「哥哥看起來好開心。」

她語氣愉悅地低聲說道，有栖院也點頭表示同意。

「是啊，〈七星劍王〉的鬥志完全挑起他的精神了。不過這也難免，『希望他用最佳的體能與自己一較高下』，對方可是對他有如此美好的『企圖』呢。」

「哥哥的回答也難得帶了點挑釁呢。」

「呵呵，他應該是興奮難耐吧。」

每個人都因為F級輕視他，不認同他。而他即使如此，依舊堅信自己的可能性。

而他現在有機會在〈七星劍王〉身上測試自己的可能性。

光是如此，對總愛挑戰高難度的一輝來說，已經有了十足的動力。再加上對手也和自己同樣渴望著這場戰鬥……他應該是既開心又自傲，興奮得坐立不安了吧……他真的是很可愛呢。」

一輝明天一定會以最佳的身心狀態，去面對與諸星的戰鬥。

珠雫與有栖院見到一輝開朗的神情，都能如此肯定——

「不過——光是如此，他是贏不了諸星的。」

「咦？」

霧子突如其來的一句話，兩人紛紛倒抽一口氣。

「贏不了……您是說哥哥嗎？」

「是啊。」

「為、為什麼您能這麼肯定!?」

珠雫聽見〈白衣騎士〉突然預言兄長的敗北，她不悅地質問道。

霧子對此，只是緩緩瞇起雙眼。

「只能說是心態問題呢。我覺得黑鐵是一名非常了不起的騎士，他能憑著F級的身分一路贏到七星劍武祭，由此就能得知他有足夠的氣魄與力量。更別說他在〈七星劍王〉面前，沒有露出絲毫的膽怯，甚至能正面挑戰對方。他的上進心是名副其實的……但是，**他的心態依舊太過輕率了**。」

「您、您說輕率……？」

珠雫似乎將之視為對兄長的汙辱，周身立刻釋放出顯而易見的殺氣。

身旁的有栖院急忙安撫珠雫，並且代替她反駁霧子。

「妳說一輝輕率，那抱持同樣心態的諸星和一輝有什麼不同？」

若非如此，諸星是說不出「希望對手用最佳的體能與自己一較高下」這種話的。

不過霧子卻靜靜地搖頭，否定了有栖院。

「……不，你們大大誤解諸星雄大這個男人了。

那個男人的『企圖』深處，他的本質並非只有黑鐵那樣的上進心與鬥爭心。

他若是靠著這麼半吊子的情感……根本無法克服那樣的重傷。

支撐他的事物，另有他物。

他會追求更強的敵人，追求純度更高的勝利，一切的理由都比一輝更加異質。

——那就是悲愴到極致的『義務心』。

想與強悍的對手來一場引以為傲的勝負。想追求更高的巔峰。

……一輝要是只會講這些天真的話，他是絕對贏不了諸星的。」

◆◇◆◇◆

另一方面，一輝與珠雫一行人分開後，一個人徒步踏上歸途。但是他並沒有直接走回旅館。

他的目的地，是遠離鬧區的某個小公園。

這個場所遠離了夜晚的喧囂。

耳邊只聽得見蟲鳴——

一輝站在原地，高聲說道。

「在這裡就算有些吵鬧，也不會有人來。你差不多該現身了吧？」

一輝說話的對象——正是他進到「一等星」之前感受到的，那道蘊含殺氣的視線。

同樣的視線從剛才開始，就緊緊黏著一輝的後頸。

沒錯。一輝會選擇獨自回去，就是為了與視線的主人交談。

〈七星劍王〉明明也在人群中，對方卻能神不知鬼不覺，只將殺氣鎖定在一輝一個人身上，並且不偏不倚貫穿了他。

從這點便可窺探出跟蹤者的技術之高超。

而一輝的預測也相當準確。

跟蹤者從夜晚的黑暗之中，現身於一輝眼前。一輝一見到這個身影，倒抽了口氣。

「……沒想到會是你啊。」

和服的衣襬順著夜風飄舞。

細長的雙瞳，宛如刀尖般銳利。

與一輝相仿的容貌，以及面孔上的十字刀傷。這名跟蹤者正是——

「——王馬大哥。」

他不是別人，正是黑鐵一輝的親生哥哥，日本學生中唯一的A級騎士。

© Won

〈烈風劍帝〉──黑鐵王馬。

王馬自黑夜中現身，他默默不語，眼神一味地刺向一輝。

「…………」

他的眼神並不平靜。

眼神之中蘊藏的是殺氣，抑或是敵意──

不論如何，光只有視線，就帶著非常驚人的壓迫感。

只要像這樣一對一，正面相對，就能理解王馬那壓倒性的存在密度。

王馬的身高明明與自己相差不遠，他的身影看起來卻是大上一、兩倍。

一輝收緊心神，避免自己被他的壓迫感吞沒，正面承受了王馬的視線，開口問道：

「所以，你找我有事嗎？有破軍學園的事件在先，你應該不是來找我增進兄弟情誼的吧？」

首先應該得知的是這個。

不論如何，還是先聽聽他的來意。

因為這個男人不會沒事出現在一輝面前。

王馬聞言，始終沉默的他終於開了口：

「當然──今天來見你的目的只有一個，我有話要告訴你。」

「有話要告訴我？」

王馬微微頷首，接著他以那低得足以從耳膜直搗臟腑的獨特嗓音——

「一輝，**你現在馬上退出七星劍武祭**。」

他這麼說道，語氣充滿強烈的逼迫。

「————!?」

突如其來的命令，使一輝瞪大了雙眼。

為什麼自己非得退出七星劍武祭不可？

「……我可以問理由嗎？」

「不說出來你就不懂嗎？你還真是悠哉啊。」

王馬聽見一輝的質疑，露骨的焦躁使他皺緊眉頭。

王馬神情不滿地說出他的理由：

「你的存在，只會絆住〈紅蓮皇女〉的腳步。」

「你說什麼……？」

一輝聽完王馬的理由，換成他皺緊眉頭。

「我什麼時候阻礙了史黛菈？那種莫名其妙的批評就免了吧。」

「這是事實。〈紅蓮皇女〉就是敗在你這種螻蟻的腳下，才會浪費數個月的時間，與你這種程度的傢伙比拚。一切的原因，就在於你的騙術。」

「騙術……？」

「你專門在對手大意之時，趁虛而入，那些技巧、戰略——全都只是騙術。

你以那微小的力量行騙，一路撿拾那些勝利而來。這種想法實在太過卑賤。所謂的『強悍』，才不是這種東西。她就算追著這種男人的背影，也不可能變強。實際上，她在那次襲擊中就讓我失望了。那個女人擁有與我相同的器量（A級），她的實力不可能僅止於此。」

這一切全都歸咎於一輝，是他偽裝成強者，欺瞞了史黛菈。

王馬如此斷言，同時逼近一輝。

「所以你就早點消失吧，蠢貨。〈紅蓮皇女〉不是你能高攀得上的。」

「……原來如此，是這麼回事啊。」

一輝聽完王馬的解釋，淡淡地嘆口氣。

話都說到這裡，一輝當然理解為何王馬會說自己絆住了史黛菈。

也就是說，王馬是以自己的價值觀批判自己。

對他來說，「強大」指的不是「取得勝利的技巧」，而是「實際存在的力量」。

擁有強大的力量，理所當然能夠贏到最後。扭曲了這個道理的技巧，不過只是騙術罷了。

（他說得還真過分啊。）

真的很過分。一輝以F級的身分，打算一路登上頂端。但是王馬的主張卻完全否定了〈落第騎士〉的存在。

雖然大哥如此純粹追求「強悍」，的確很符合大哥的作風——

不過，一輝當然不會接受這種主張。

因此一輝——

「我終於明白了，為什麼大哥會說我絆住了史黛菈。但是……我沒必要配合大哥的價值觀。

而且……就算大哥的價值觀是事實。

就算我真的只是個騙徒。

史黛菈依舊愛著這樣的我，希望再次與我一戰。

王馬大哥……對我來說，這就是全部，這就是一切啊。

比起我與史黛菈的約定，大哥的話語甚至比隨風飛舞的樹葉還要輕。

你的話無法動搖我的心。」

他冷冷地否決掉王馬的要求。

不過王馬並沒有特別失望，他似乎早就知道一輝不會老實聽從。

「真是愚昧。別誤會了，我不是在拜託你——我是在命令你。如果你聽不進去，那就動武逼你聽從，就只是如此而已。」

他只是一臉不耐煩，緩緩地顯現出自己的靈裝。

那把比日本刀大上一倍，大太刀型態的固有靈裝——〈龍爪〉。

下一秒，周遭的空氣瞬間繃緊，停留在公園樹木上的鳥兒紛紛逃離。

牠們很清楚。

當王馬握住〈龍爪〉的瞬間，整座公園都在他的攻擊範圍內。

一輝當然也察覺到了。

不過一輝毫不動搖，甚至是浮現了無畏的笑容。

「這樣也不錯，淺顯易懂，我並不討厭你這點。」

他顯現出自己的靈裝，閃著黑曜光芒的刀〈陰鐵〉。

他早就做好覺悟了。

打從王馬出現在這個地方，他就沒想過這場邂逅能夠平穩結束。

而且——王馬說了這樣的話。

他說，至今一輝和史黛菈一起度過的時光，根本毫無意義。

對一輝來說，他與史黛菈的相遇，與她共同度過的每一天，都非常的珍貴。

只有這句話……一輝不能曖昧地笑著帶過。

他一定要讓王馬把那句話吞回去。

史黛菈深愛著這樣的自己，就算是為了她——

「我這個絆住史黛菈的男人，究竟是不是區區碎石，你就用自己的劍確認看看吧！」

「吊車尾的落水狗，少學人齜牙咧嘴！」

於是，黑鐵兄弟的賽外對決，就此引爆！

◆◇◆◇◆

〈落第騎士〉與〈烈風劍帝〉——

兩人的戰鬥，就在市中心突然展開。

〈烈風劍帝〉黑鐵王馬首先取得先機。

在這漆黑之中，魔劍〈龍爪〉的刀身閃爍著淡淡螢光。只見他提起〈龍爪〉——

「唰！」

一輝低身正打算奔上前。王馬手持〈龍爪〉，朝著一輝揮出一線橫斬。

此時雙方的距離相隔十公尺之遠。

不論大太刀的進攻範圍多麼廣，隔著這麼長的距離，刀刃根本碰不到敵人。

不可能傷到對方——但是：

「唔！」

一輝原本低身衝向王馬，此時忽然急忙壓低身軀，趴伏在地上。

同一時間，冷冽的颶風從一輝的正上方吹過，砍倒了他身後一整排種植在公園中的樹木。

沒錯。鋼鐵刀刃的確傷不到對手。

不過風之刀刃就另當別論。

撕裂了大氣，在空氣之間製造真空的裂縫，以此為刃。

〈真空刃〉——風術士的攻擊手段當中，最為普遍的伐刀絕技(Noble Arts)。

王馬當然能夠使用。

「哈啊！」

王馬從遠距離揮動〈龍爪〉，真空之刃一刀刀襲向一輝。

足以撕裂大氣的斬擊。以〈紅蓮皇女〉史黛菈・法米利昂所使用的遠距攻擊〈妃龍大顎(Dragon Fang)〉為例，真空刃的威力雖然比不上炎術士的遠距離技能，但卻具備了非常高的殺傷力。其速度超越音速，再加上肉眼無法識別攻擊本身，使敵人難以閃避。

不過——如此稀鬆平常的攻擊，可壓制不住〈落第騎士〉！

「呼——！」

一輝靠著肉身迴避那一刀刀隱形的大氣之刃，同時開始前進。

他的速度絲毫未減，輕巧地從無色刀刃之間滑過。

從他的動作來看，他很明顯看穿了那隱形的〈真空刃〉。

他是怎麼辦到的？

個中奧祕，就在於一輝的視線前方。

他的著眼點並不在那隱形的刀刃上，而是王馬揮動的〈龍爪〉。

〈真空刃〉雖然是以超越音速的速度取勝，但是只會在魔劍描繪出的軌跡，以及沿著軌跡本身直線飛來。

那麼只要看穿〈龍爪〉的角度，要迴避攻擊本身並不困難。

理論就和閃躲槍彈相同。
只要看清扣下扳機的時機以及槍口的角度，輕易就能閃避。
而若是擁有一輝這般的動視勢力以及反射神經，根本不可能中彈。
「…………哼。」
一輝穿梭在真空斬擊的隙縫當中，朝著王馬逼近。
王馬這下也認清了，區區〈真空刃〉對一輝完全不管用。
他同樣主動奔上前。
為了迎擊直奔而來的一輝。
而這次揮動的不是風之刃，而是以鋼鐵刀刃揮向一輝的頸部。
「哈啊——!!!」
「唔…………!」
（好快……!）
大太刀的刀長媲美長槍，王馬手持如此超重量級的武器，斬擊的銳度與速度卻遠遠超越一輝。
差別在於實力嗎——不。
雙方在劍術上的實力應該相去不遠。
速度的差異是來自於王馬的能力。
王馬操縱風，消除了空氣的阻力。

一輝的黑刃必須劃開空氣，而白刃能夠毫無障礙地揮動，自然會更快。
面對如此刀速，一輝在沒有啟動〈一刀修羅〉的狀況下，是不可能反擊的。
一輝在轉瞬之間做出判斷，提前採取防禦姿態──

唧哩…………

「!?」
下一秒，耳邊傳來的細微聲響宛如寒氣，令一輝渾身血液瞬間凍結──
「喔喔喔喔喔喔喔！」
他放棄防禦，全力向後跳躍，避過王馬的斬擊。
王馬揮下的刀刃擊中公園的沙地──
刀刃毫不停留，在大地上刻下深不見底的刀痕。
「…………！」
刀痕深深地刻印在土黃色的地面上，地面彷彿整個裂開。
一輝見到這番光景，冷靜如他也不禁出了一身冷汗。
史黛菈的斬擊足以震撼大地，但是王馬的斬擊更上層樓。
因為大地震動的現象……是力量分散造成的狀況。
證明了她的力量收束不完整，浪費了多餘的力道。

真正集中力道的斬擊，**是不會引起震動的**。

此劍所到之處，無聲無息，並且徹底斬飛地面上的一切。

就如同王馬的斬擊，彷彿切果凍似地斬裂了大地。

他到底聚集了什麼程度的質量，才能做到這種事？

數百公斤？數千公斤？

一輝不知道，他唯一明白的就是——

王馬的斬擊和史黛菈相同……這超重量的一擊是無法正面承受的。

不過——

（如此超越常理的攻擊力……是**那副身體**才辦得到。）

「王馬大哥，幾年沒見了，你實在變得很多啊。不……應該說變得太多了——**那副身體**究竟藏了什麼機關？」

「哦……還沒接過一刀，你就察覺了**我身上的異形**嗎？雖說只是騙術，你倒也不是平白無故傷得了〈比翼〉。」

王馬聽見一輝的話語，忽然咧嘴露齒一笑。

「不過——你就算知道了，也無可奈何。**我的異形**與你的騙術不同，是純粹的力量啊。」

「…………」

王馬的斬擊確實相當棘手。

以前，史黛菈曾以宛如惡鬼般的臂力，擊出了足以粉碎大地的斬擊。一輝則是以柔軟的防禦術使其無力化。

他並非第一次遇見無法承受的斬擊。

但當時是因為史黛菈的實力尚未成熟，一輝才有辦法防禦。胡亂揮動的劍招，無法斬碎飛舞在空中的樹葉。

這也是相同的道理。

一輝能輕易卸除史黛菈散亂的力道。

但是王馬的斬擊卻並非如此。他的劍路沒有一絲迷惘與動搖。他的劍甚至能將飄舞在空中的樹葉一刀兩斷。

（這樣一來，就算使用〈天衣無縫〉也很危險吧。）

──好了，該如何對付這宛如修羅的斬擊？

利用〈一刀修羅〉的話，單純能靠著縮短速度差距，卸除力道。但是算上一分鐘的時間限制，現在要使用還太早了。

應該要將敵人手中的牌看得更清楚。

那麼，該怎麼做？

一輝從自己的經驗之中思索著應對方法──

「你的表情，看起來就是在思考雞毛蒜皮的小事。」

「──！」

王馬的嘲諷打斷了一輝的思緒。

「我說過了，你是無可奈何的。」

王馬的嗓音冷冷地回盪在夜空中，接著遠距離外的他有了動靜。

又是〈真空刃〉嗎？

不，他並非揮刀，而是高舉〈龍爪〉，刀尖彷彿即將貫穿夜月——

「而我不打算在你這種程度的傢伙身上浪費太多時間，看著你四處逃竄也實在煩悶，乾脆設下時間限制算了。」

他頌唱附著魔力的咒文。

「予以封鎖——〈無空結界〉。」

纏繞在〈龍爪〉刀身上的翠綠螢火頓時變得鮮豔了起來——

暴風蹂躪了戰場。

「！」

沙塵四起，使人睜不開眼。暴風從下而上描繪著螺旋，同時掀起了上升氣流。

一輝身軀差點被吹上天空，急忙以十指扣住大地。

（唔，遮蔽視野嗎……！）

沙塵藉著暴風，奪走了視野與行動力。

一輝心中佩服這一招真是有效。

但是下一秒，他馬上體會到自己有多麼天真。

——王馬這個男人追求著純粹的「強大」，他不可能使用**只會削減敵人戰力**的招數。

〈無空結界〉擁有更加恐怖、更加直接的力量。那就是——

「這是……!?」

（沒、沒辦法、呼吸…………！）

強制奪走氧氣。

王馬掀起的上升氣流，一滴不留地捲走戰場上所有氧氣。

為了從一輝手中奪走名為「時間」的餘裕。

「你剩下的時間最少十分鐘，戰鬥中的話就是一分鐘左右。我沒有那個閒時間讓你在那邊珍惜少得可憐的力量，快點用上全力放馬過來吧。」

「…………」

〈烈風劍帝〉的命令，讓〈落第騎士〉下定決心。

的確，正如他所說。

他沒時間藏著手中的底牌，更何況——

（自己面對這樣的對手，可沒機會藏一手啊。）

一輝不知道王馬行蹤不明的這幾年有什麼樣的遭遇，但是他已經比一輝記憶中的他還要強上數倍。

自己的力量原本就相對低劣，對上這樣的敵人可沒辦法藏著底牌不出。

一輝承認這點——於是放棄看穿王馬的力量。

運起遊走全身的魔力——點燃火苗！

「〈一刀修羅〉。」

下一秒，一輝全身上下包覆著蒼藍焰火般的光芒，光芒化為劍氣噴發而出。

劍氣宛如銳利的烈風，足以劃傷身軀，震撼了公園的樹木，依舊綠嫩的葉片紛紛四散。

一輝經歷諸多強敵的戰鬥，他的劍氣大幅成長，擁有了實質的威壓。

但這份化為質量的威壓，依舊無法震撼王馬的心胸。

「在短時間內，將自己所有的力量集中放出，以整體的爆發力勝過力有未逮的敵人……這簡直是騙術的極致，看了就令人反胃。」

王馬面對一輝包覆著〈一刀修羅〉的劍氣，不見絲毫動搖，甚至將之視為**無趣之物**，面露不悅。

「來吧——就讓我狠狠踢飛這顆『碎石』。」

王馬緩緩以〈龍爪〉擺出迎擊架勢。

他那文風不動的模樣，令人聯想到巨大的岩山。

生根於大地，絕對的存在感。

一輝差點臣服於這股氣魄之下——

但是他已經使出了殺手鐧。

一輝剩下的時間，只有一分鐘。

面對這樣的敵人，一秒都不能浪費。因此——

「哈啊啊啊啊!!!!」

漆黑的騎士主動出擊，一決勝負。

他壓低身姿，宛如匍匐在地的黑影。

「唰唰————!!!!!!」

對此，〈烈風劍帝〉有了動作。

揮動的刀劍宛如疾風，以肉眼無法追蹤的疾速，瞄準遊走地面的黑影首級而去。

但是——包覆了〈一刀修羅〉的一輝，遠比疾風快速！

（行得通！）

一輝的目的在於第一回合，以絕對的速度差進行反擊。

卸去王馬的劍招，同時潛入他的懷中，一刀斬向軀體。

疾風白刃逼近，即將斬飛一輝的頭顱。他凝視著刀尖，催眠著自己。

（不要害怕……！）

王馬的刀招，足以在大地刻下裂痕。

要是因為畏懼，無法順利卸除力道，他只要一擊就能砍飛自己的頭顱。

（集中精神…………！）

極限的集中力，足以穿越死神的斷頭台。

精密到毫無一絲鬆懈，足夠卸除降下而來的刀刃。

自己一定辦得到，一定做得到！

自己已經累積了如此多的修練啊…………！所以不需要畏懼——

（去吧————!!!!）

一輝這麼鼓舞自己，以極限的集中力衝進迎面而來的白刃之中。

——就在這個瞬間。

（…………………………………………咦？）

突然間……突如其來地——一輝的腳**停下了**。

◆◇◆◇◆

（這是、怎麼、了？）

一輝與〈烈風劍帝〉擦身的剎那之間，身上突如其來的異常嚇得他瞪大雙眼。

但他會吃驚也是理所當然的。

現在正是決勝關鍵。他將集中力提升到極致，卸開王馬的劍，正打算踏進他的胸懷中。

而在這關鍵時刻，腦和身體的聯繫突然間像是中斷似的，明明意識清楚，身體卻動彈不得。

（這到底是……!?）

但是他沒空吃驚了。

停下的只有一輝。

在這期間，王馬的一斬正朝著一輝迎面而來。

（糟了！）

斬擊即將襲向頸部的最後一刻，一輝及時防禦住。

但是，他正面承受了王馬足以劈開大地的臂力之後——

「咕啊啊啊啊！」

一輝的身體彷彿被大卡車撞飛似的，被吹飛數十公尺遠，狠狠撞上石牆。

「嘎、哈啊！」

衝擊深入內臟，一輝口中噴出血霧。

某處內臟受了內傷。

而雙手骨頭因為正面承受了王馬的斬擊，一路碎裂到肩膀處。

不過──對現在的一輝來說，這都不重要。

（剛才那到底是……！）

他腦中的疑問，就在於勝負的關鍵、兩人錯身的瞬間，自己身上發生謎一般的停歇。

為什麼自己的身體會在那個瞬間停止不動？

一輝習劍已久，從未遭遇過這種狀況。

因此身體產生的謎樣現象使得一輝一片混亂──

……王馬見狀，則是不耐煩地說道：

「哼，你在吃驚什麼？你與世界最強的劍士交手之後，該不會還以為自己能一如往常？就算身體平安無事，心中一定殘留了什麼。」

「咦……！」

「你連她的『禮物』都無法好好接下，還有膽在我面前放話。不知天高地厚的傢伙──」

王馬的語氣蘊含明顯的不快，毫不留情地怒罵一輝──接著緩緩擺出攻擊架勢。

手腕高舉，平舉刀刃──

下一秒，〈龍爪〉釋放出至今最強的光芒，颶風纏繞在刀身上。

纏繞其上的颶風猛烈地迴旋，吞噬大氣，彷彿要將周遭的空間全都捲了進去。

颶風凝聚成型——化為一層層烈風重疊而成的大氣之刃。

斬斷萬象的龍卷之劍。

沒錯，這就是擊敗過〈紅蓮皇女〉與〈雷切〉，王馬的伐刀絕技——

「〈斷月天龍爪（Kusanagi）〉——這一招用來對付你這種詐欺師，我還嫌浪費。不過要是因此讓你逃過一劫，我也很不愉快。我就特別送你一次，心懷感激地去死吧！」

〈烈風劍帝〉撂下最後一句，同時揮動己身的絕技。

將自己引以為傲的最強一擊，揮向身負重傷的〈落第騎士〉。

（不、不能硬吃下這一招！）

不論如何，一定得先迴避才行。

王馬提到的「愛德懷斯的禮物」，究竟是什麼意思？

一輝雖然很在意，但他還是先將疑惑踢出腦袋，全力對著衝擊未脫的身軀下令，準備逃離即將襲來的威脅。

但是——一輝的身軀再次**產生像剛才一樣的停歇**。

腦中拚命地催促身體進行迴避，但是肉體卻依舊凍結在原地，毫無反應。

（唔！為什麼……！）

是損傷導致身體機能停止？

一輝腦中浮現的第一個可能性就是這個，但是他確認自己的傷勢後，否定了這個可能性。

身體的損傷確實嚴重，但還不到動彈不得的程度。

那到底是為什麼？一輝真的不知道。他不知道——

（唔！）

再這樣下去，他會被直接擊中。

得想想辦法——

一輝全速運轉著唯一沒有停歇的腦袋，依舊找不到解決方法。

層層相疊的風之刃即將吞噬一輝的意識——

「咬碎一切吧——！〈虎王〉——!!」

◆◇◆◇◆

層層壓縮的螺旋烈風。

其刀刃足以將所及之物斬碎，化為粉塵。就在刀刃即將吞噬〈落第騎士〉的剎那——

手持金色長槍的男子忽然介入兩人之間。

——男子有著壯碩的軀體，銳利如肉食野獸的眼神，正是〈七星劍王〉諸星雄大。

「咬碎一切吧——————!〈虎王〉——————!!!!」

一句吶喊。

伴隨著足以震撼大氣的洪亮嗓音，諸星手中的金槍〈虎王〉朝向即將落下的龍卷之刃刺去。

下一秒，〈虎王〉的槍尖迸發出金色的魔力光芒。

金色光芒轉眼化為形體。

那是虎頭，張開巨大的雙顎，顯露利牙。

於是魔力光芒組成的金色虎頭，張大雙顎，咬上席捲而來的龍卷之劍——

輕易擊敗過〈紅蓮皇女〉或〈雷切〉等等一流的學生騎士，王馬的殺手鐧——〈斷月天龍爪〉名副其實地**被咬個粉碎**。

猛虎咬碎了龍卷之劍的中段，龍卷之劍從中間散為霧塵，完全消滅了。

諸星站在兩人之間，將一輝護在身後，開口問道：

「黑鐵，你沒事吧!?」

「諸、諸星學長……!為什麼你會——」

「你忘了東西，我特地拿來給你的。」

諸星說完，便朝著倒下的一輝胸前丟下一樣物品。那是一輝的學生手冊。

「我打電話給醫生，結果她說你一個人走路回去了。我就隨便朝著旅館走了一下，沒想到居然目擊這場異常誇張的兄弟打架。」

諸星從一輝身上移開視線，瞪向〈烈風劍帝〉。

「王馬，好久不見啦。打從小學盃之後，就沒有親眼見過你了。」

「……〈浪速之星〉。不，現在是〈七星劍王〉了啊，諸星。」

「哈，我可不想被你稱作〈七星劍王〉。你又沒出場七星劍武祭，我就算得了優勝，拿到這個稱號，也沒什麼價值可言……不過這種事先放一邊去。」

在小學聯賽，兩人曾是互相競爭的宿敵。

諸星在對話的空檔，淡淡一瞥公園的慘狀，皺了皺眉頭。

宛如冰河裂縫般的地面龜裂。

暴風吹倒的樹木。

裂開的石牆——

「就算是兄弟打架，這也打過頭了。要不是我插手，可是會死人的啊。」

「……能夠咬碎（無效化）所有伐刀絕技的伐刀絕技——〈虎噬（Tiger Bite）〉。不只是〈斷月天龍爪〉，連〈無空結界〉也隨之粉碎了啊。」

「沒錯，也就是說，你的風之力在我的面前是不管用的。既然你明白的話，那我問你……你還想繼續打這場架嗎？這裡可是我的地盤，你要是還想在這裡繼續鬧事……就讓我做你的對手吧！」

諸星語氣低沉地威嚇道。同時他提起手中纏繞金色魔光——能使所有伐刀絕技無效的〈虎噬〉之力的〈虎王〉，刺向王馬跟前。

王馬面對他的威嚇──

「……不，我沒興趣繼續了。」

他閉上眼，手中的〈龍爪〉頓時消滅。

諸星的〈虎噬〉輕易地消除王馬擁有的招術中，威力最強的殺手鐧。

諸星的助陣，讓王馬覺得情勢不利嗎？

不──這個男人並沒有這麼明事理。

他單純是沒理由繼續這場戰鬥。

王馬的眼神徹底失去原本淡薄的興趣，冷冷地刺向諸星背後的一輝。

「我也不用特地動手，他連〈比翼〉的『禮物』都沒辦法承受下來，就算不在這裡解決他，明天也會敗在你的手下。〈紅蓮皇女〉見到你那悽慘的模樣，應該也會清醒才是。」

王馬丟下辛辣的言詞，轉過身。

接著緩緩前進。

再次回到黑暗之中。

途中──

「不過……**忘了東西**啊。運氣可真好。」

他只留下這樣一句話。

「……他的長相和小學盃的時候相比，變了不少，不過態度還是一樣差啊。」

諸星注視著王馬離去的背影，傻眼地嘆了口氣。

王馬的背影完全消失之後，諸星的視線轉回靠在石牆上的一輝。

「……所以，這是怎麼回事？他好像提到了史黛菈什麼的，你們該不會為了感情方面才吵架吧？兄弟搶同一個女人嗎？像鄰○女孩的劇情那樣。」

「……別鬧了，我差點就沒命了。」

一輝聽見諸星的玩笑，只能苦笑連連。他緩緩站起身，向諸星道謝。

「不過你真的救了我一命，謝謝你。還有學生手冊的事也是。」

「沒關係、沒關係。別太在意……比起這個……」

諸星忽然微微瞇起眼，語氣略帶嚴肅，試探性地詢問。

他唯一在意的一件事──

「黑鐵，你到底怎麼了？我雖然只是遠遠看一眼，但是你剛才的動作有點奇怪喔。看起來也不太像是被傷勢影響到──」

〈斷月天龍爪〉逐漸逼近，但是他卻完全沒有迴避──一輝的行動看起來就是如此。

不過一輝自己比誰都想知道這個疑問的答案。

「說真的，我也不清楚到底發生什麼事……」

事前毫無預兆。

一輝為了這場大賽，應該已經將體能調整到幾近萬全的狀態。

他只能搖搖頭。

「這樣啊……從遠處看來，你看起來就像是一隻受驚嚇的貓，在急速撞來的汽車面前動彈不得呢。」

諸星隨口說出自己觀察後的感想。

接著，他馬上補上一句：「應該是看錯了吧。」

畢竟能夠出賽七星劍武祭的騎士，怎麼會膽小到被敵人的招數嚇得動彈不得？

尤其是一輝。

大膽如〈落第騎士〉，即使是面對〈紅蓮皇女〉的〈燃天焚地龍王炎〉(Calusaritio・Salamander)，依舊能浮現笑容。

實在是不可能。不過——

「…………！」

一輝聽了諸星的無心之語，腦中閃過了某種事物。

『你與世界最強的劍士交手之後，該不會還以為自己能一如往常？就算身體平安無事，心中一定殘留了什麼。』

那就是戰鬥之中，王馬撂下的那句話。

王馬這麼一說，一輝才驚覺到，事情的確如王馬所言。

一輝與世界最強的劍士交手之後，存活下來了。

即使他敗北了，卻能五體滿足地活下來。

——有可能這麼幸運嗎？

他明明一腳跨越了彼岸，卻沒有任何改變。

他的想法……會不會太過天真？

（…………）

惡兆令一輝渾身冷汗直流。

——這種事在戰鬥的世界中經常發生。

以拳擊為例。

慘敗的選手會對對手的拳頭產生極端的恐懼心理，短短數秒之間的拳頭交會之中，可能會因為驚慌引發身體僵直的現象。

這就是所謂的「拳眼(Punch Eye)」，是一種心靈上的外傷(心靈創傷)引發的精神疾病。

要是患上這種疾病，當然不可能抱病上場。

因此某部分人會用「崩潰」來形容出現這種症狀的選手。

——該不會。

自己在不知不覺間……「崩潰」了呢？

他與愛德懷斯交手之後接受檢查，結果是毫無異狀。

但是——那是在沒有生命危險的情況下。

因此他至今沒有察覺……直到承受王馬所散發出來的真正殺氣之後，才暴露出來。

……這樣的預想太恐怖了。遺憾的是，這個可能性很有可能成真。

就如同王馬所言——

他與世界最強的劍士經過生死交戰之後，不可能毫髮無傷，太不自然了。身體或心靈，理應會有某一方因此崩潰。

「怎麼表情這麼恐怖？你想到什麼可能性了嗎？」

「…………不……並沒有……」

諸星見到一輝面無血色的表情，便開口詢問……但是自己那可怕的想像，一輝卻說不出口。

怎麼可能說出口。

不能讓明天的對戰對手見到自己的弱點。

除此之外，更重要的是——

『明天**就以最好的體能和我比賽**。』

諸星是那麼期待與自己的戰鬥，他就算是撕破了嘴也說不出口。

「——」

一輝將體內的不安硬生生吞下肚。

諸星直盯著這樣的一輝……

「是嗎……算了，比起這種事，應該先叫醫生來才對。你先坐著等一下。」

諸星不再繼續追究，拿出自己的學生手冊呼叫救護車。

「不好意思……」

這是道謝，抑或是道歉？

一輝喃喃低語著模糊的話語，滿是傷痕的手撫上自己的胸口。

〈一刀修羅〉早已解除，只剩下一湧而上的疲勞感包覆全身。

託疲勞的福，全身的痛覺也麻痺了，感覺不到傷口引發的痛楚。但是——

（我的身體……我……到底是怎麼了……）

自己身為騎士的某一處可能就此「崩潰」。這股油然而生的恐懼，絲毫未減。

——在那之後，一輝接受治療，回到旅館後，依舊持續質問自己的身體。

他深深潛入意識的內部，查看自己的身體與心靈，每一處，每一角。

但是……他卻找不到任何疑似**病徵**的陰影。

倒不如說，他的身心都處於絕佳的狀態。

自己真的「崩潰」了嗎？

若非如此——為何會產生那樣的僵直？

無法理解。

若是不知道理由，更是無法克服。

這就糟了。

要抱持這顆滿是謎團的炸彈挑戰〈七星劍王〉，實在是有勇無謀。

身體會在勝負關鍵時刻停止動作。懷抱這樣的缺陷，怎麼能贏得了〈七星劍王〉等級的對手？

不論如何，一定要克服——

……但是，它彷彿在嘲笑一輝焦躁的內心……緩緩現身。

那是光——晨陽。開啟一切的早晨來臨……

◆◇◆◇◆

『人言：鬥爭為惡，憎惡因它而生。

人言：和平為美，優越因它而育。

人言：暴力為罪，因其傷及無辜。

人言：協調為善，因其關愛他人。

尚有良知之人，想法皆是如此。

即便如此，人們依舊——**憧憬著強大**！

無與倫比的強悍！無與倫比的勇猛！

能夠橫掃千軍，壓倒性的力量！
能夠隨心所欲，通行無阻，絕對的力量！
誰能坦言自己不曾嚮往！
誰能坦言自己不曾冀望！
每個人從生而在世的那一刻，曾經描繪的夢想——
每個人也因其山遙水遠，不得不拋棄的夢想——

而今年，少年們為了挑戰彼此，賭上性命，再次聚集在這場祭典上!!!!

北海道『祿存學園』
東北地區『巨門學園』
北關東『貪狼學園』
南關東『破軍學園』
近畿中部地區『武曲學園』
中國四國地區『廉貞學園』
九州沖繩地區『文曲學園』
最後——新生『日本國立曉學園』

來自日本全國，總計八所學校中選拔而出的三十二名菁英！
無一不是萬中選一的英勇騎士！
但是，只有一個人能成為日本第一的學生騎士——〈七星劍王〉。
那麼——以手中的刀劍一決雌雄，正是騎士的傳統！

三十二名年輕高潔的騎士們。
時刻已到！只有這個時刻，不會有人降罪於汝身！
就讓各位隨心所欲，全力以赴，彼此競爭到最後一刻吧！
那麼現在，第六十二屆七星劍武祭即將開始————!!!!』

第三章 七星劍武祭・開幕

場景離開大阪，回到東京的破軍學園。

醫院的病房中，一名騎士醒了過來。

「嗯……」

睜開沉重的眼瞼，眼前映著陌生的純白天花板。

（這裡是哪裡……？）

少女望著陌生的天花板，腦中尚有些許混亂。

畢竟她幾乎沒有進過醫院，這也是沒辦法。

不過……主因還是因為長期的沉眠，她的意識尚未清醒。

少女雖然搞不清楚狀況，總之先反射性地坐起身。

接著，一名坐在床邊，金髮碧眼的少女——貴德原彼方聽見棉被摩擦的聲音，從病房內的電視移開視線——

「啊！刀華！妳醒了啊……太好了。」

她鬆了口氣，輕撫胸懷。

病床上的刀華見到彼方的身影，則是——

「彼方、呃~~~~!?」

使勁咬到了舌頭。

「沒辦法好好說話惹~……」

「沒辦法，妳睡了很長一段時間，難免身體會遲鈍。」

「妳說睡了很長的時間……」

怪了，為什麼自己會沉睡到讓身體沉重不已？

刀華沿著中斷的記憶絲線緩緩回想——

『接下來，七星劍武祭第一輪比賽，也差不多來到轉折點了。

B區最後的比賽，是本日賽程中最令人矚目的組合！

破軍學園一年級〈紅蓮皇女〉史黛菈・法米利昂選手。

對上

巨門學園三年級〈冰霜冷笑〉鶴屋美琴選手！

牟呂渡教練，您對這場比賽有何——』

「——！」

刀華聽見電視傳來的解說聲，這才想起一切。

自己為了保護史黛菈不受曉的襲擊，率領學生會一行人拖住曉學園的成員們。

以及〈烈風劍帝〉黑鐵王馬擊敗了自己。

在那之後發生什麼事了？

刀華完全不清楚狀況，臉色發青的詢問彼方。

「彼方，在、在那之後狀況如何!?史黛菈同學呢!?黑鐵同學他們沒事嗎!?」

「他們沒事，葉暮同學她們成功保護了法米利昂同學，黑鐵同學雖然受了傷，但是他早就恢復健康抵達會場了……。我們學生會成員所有人都是在〈幻想型態〉負傷，身體並無大礙。不過會長和副會長受到的傷害特別大，所以昏睡了很長一段時間。」

「小沫也是？」

「是啊。」

彼方的視線轉向刀華身後。

刀華追著她的視線，這才發覺。

泡沫現在躺在隔壁病床上，陷入深沉的睡眠當中。

「……小沫……」

「副會長和會長一樣，都是因為極度疲勞，導致意識回復較為緩慢而已，副會長並沒有生命危險。他應該今天或明天就會醒過來才是。」

「原來、如此……呼…………」

刀華聽著彼方解釋完自己昏迷後的始末，終於大大地鬆了口氣。

（……總歸來說，我也以學生會長的身分，完成了最低限度的職責啊。）

她至少讓破軍避免在那場襲擊之後，慘遭完全毀壞的下場。

那麼，這樣就夠了。

這一切都歸功於共同留在前線的夥伴們。

「彼方，謝謝妳。」

「……呵呵，之後也請對其他人說一聲吧。他們一定會很開心的。」

「嗯，我會這麼做的。」

『哎呀！這下糟糕了！』

就在此時。

電視傳來播報員幾近哀號的聲音。

「哎呀，感覺很混亂呢。是發生什麼狀況了嗎？」

「不知道呢。到底怎麼了？」

刀華和彼方的視線自然聚焦在電視上。

電視畫面中，戴著眼鏡的男性播報員額上汗如雨下——

『史黛菈・法米利昂選手竟然尚未抵達會場，她沒有回應比賽開始的信號！』

他告知了意料之外的狀況。

「咦、咦咦咦咦!?」

◆◇◆◇◆

（沒有回應比賽開始的信號？怎麼會…………！）

刀華才剛從彼方口中得知史黛菈平安無事，這段播報著實嚇了她一大跳。

「彼方，妳剛才說黑鐵同學已經抵達會場了，史黛菈同學沒有和他一起去嗎？」

「我不太清楚詳細的狀況，不過聽說她敗給〈烈風劍帝〉之後，似乎相當在意，在那之後就和西京老師兩個人單獨進行特訓。可能是因為這樣，他們並沒有一起行動。」

「……原來如此，不過既然是和西京老師同行的話，怎麼會……」

史黛菈怎麼會直到比賽開始，都還沒抵達會場？

刀華與彼方滿臉疑惑。

同時電視也繼續播報消息給兩人——

『啊，就在剛才，營運委員會的人員傳來訊息。史黛菈・法米利昂選手聯絡上營運委員會的人員了，似乎是她搭乘的電車因為鐵路路線事故延遲，會較晚抵達會場。』

『這下難辦了。營運委員會就是為了避免這樣的狀況，才會在前兩日舉辦選手宴會啊。』

『是啊。她應該要和其他破軍的選手一起抵達大阪才對……哎呀，〈冰霜冷笑〉鶴屋美琴選手向營運委員會提出要求，希望自己因此不戰而勝！』

「史黛菈同學該不會就這樣不戰而敗吧？」

彼方擔憂不已地望著電視。

相對於彼方的憂慮，刀華則是搖搖頭。

「不，應該是沒問題。」

刀華去年以破軍學園的選手團長身分，參加過七星劍武祭。

她當時已經大概掌握七星劍武祭的規則。

「規則上並沒有要求選手一定要前兩日抵達會場。依照七星劍武祭的大會規則，倘若選手遲到，該場比賽會向後順延……」

『喔、營運委員會剛才傳來通知了。『依照大賽規定，B區第四場比賽延期——因此不承認鶴屋美琴選手的不戰而勝。』就是這麼回事！』

『規則就是如此，也沒辦法呢。』

『規則上不存在遲到的罰則嗎？』

『這一次，營運委員會官方也已經確認電車誤點了，所以不會有處罰。不過為了防止這樣的事情再度發生，應該把『前兩日抵達會場』列入正式規則內比較好呢。』
七星劍武祭上的一切行程，全都交由營運委員會決議、下達判斷。
這個決議就如同其他大多數的格鬥比賽，一旦下達後，就算決議出錯也無法翻盤。
也就是說，史黛菈藉由這個決議，免除當場敗北的結果。
因此彼方也鬆了口氣。
「呼……害我緊張了一下。」
「不過如果她依舊趕不上延後的比賽時間，到時候就真的直接退場了。」
（希望她來得及趕到……）
順帶一提，史黛菈的比賽之後，B區的第一輪戰就全數結束了。
此時會場傳來廣播。
『敬告會場的各位貴賓：
現在進入十分鐘的休息時間，戰圈即將進行整頓。
整頓結束後，緊接著開始舉行C區的第一輪比賽。』
「第一輪比賽已經進行到一半了啊。我漏看了好多場，真難過。彼方，黑鐵同學的比賽已經結束了嗎？」
「還沒呢，在這之後的C區第四場比賽才會輪到他，所以才剛開始呢。」
「太好了。」

畢竟一輝是擊敗了自己，才成為代表選手。
〈雷切〉理所當然不想錯過這場比賽。
「不過他的對手會是誰呢？」
「對了，會長昏迷很久了，所以還沒看過賽程表呢。」
「嗯。彼方，妳知道黑鐵同學第一戰的對戰對手是誰嗎？」
「……對會長來說，這個組合可是相當有趣呢。」
彼方則是忍著苦笑，露出複雜的表情。
從她的表情來看，刀華只有不好的預感。而且——
「〈落第騎士〉的第一戰對手是……〈七星劍王〉諸星雄大選手。」
惡兆也準確命中了。
「……黑鐵同學老是從第一戰抽到大爛籤呢。」
「是啊，校內選拔戰的時候也是如此。他這個人跟幸運完全無緣呢。」
「倒不如說，這是英雄必經的重重試煉。」
不過第一戰就抽到〈七星劍王〉，實在太衰了。
今年比賽人數大幅減少，所以剔除了種子選手的第一戰免賽權。
一輝則是因此吃了大虧。
（他根本是不幸吸引機啊……）
「〈落第騎士〉對〈七星劍王〉——〈雷切〉則是與兩人對戰過，妳怎麼看這場比賽呢？」

身旁的彼方忽然詢問刀華的賽前預想。

或許是因為進入休息時間，電視轉播開始播放廣告，她覺得無聊。

「怎麼看啊……」

刀華閉目思考了一下，這麼答道：

「……勝負比大概是六比四，諸星同學比較有利吧。」

「六比四啊。明明對手是〈七星劍王〉，差距卻很小呢。」

「從兩人的社會地位(Status)來看，這個預想的確是異想天開。不過這是有理由的。」

「是什麼樣的理由呢？」

「黑鐵同學對上諸星同學有一定的優勢。妳知道諸星同學的伐刀絕技──〈虎噬〉，是什麼樣的能力嗎？」

「那是能夠**消除伐刀絕技的能力**。」

「沒錯。伐刀者超越常人的能力，就是伐刀絕技……也就是能夠使用魔法。所以能夠強行吞噬魔法的能力，對上任何伐刀者都能擁有絕對優勢。〈深海魔女〉的水，〈紅蓮皇女〉的火，〈烈風劍帝〉的風，在諸星同學的面前全都不管用。因為諸星同學的〈虎王〉能夠將魔法咬得支離破碎。」

「……會長以前也被他逼得無法進行近身戰呢。」

刀華點點頭。

一年前，〈雷切〉的雷擊全都遭到〈虎噬〉消除，一點也不剩。遠距攻擊因此陷入膠著狀態，刀華無計可施，只好採取近身戰——〈雷切〉的神速，不讓對手有機會閃避。她打算以〈雷切〉一決勝負，但是諸星的槍術實在了得，刀華直到最後都無法讓兩人的間距縮減到〈雷切〉的攻擊範圍，就此敗北。

對刀華來說，那是苦澀的敗北記憶。

「現在重新再聽一次，這個能力真的很犯規呢。」

「是啊。雖然他的能力只對伐刀者有效，但是他在所有伐刀者面前，都能擁有絕對優勢，是相當優秀的能力。

不過……黑鐵同學的戰鬥方式本來就不依靠魔法。

他的戰鬥方式以伐刀者來說，非常傾向『體術』，是很少見的例子。

黑鐵同學只會在最佳的時機使用魔法。

而〈虎噬〉這種伐刀絕技，**只能讓敵人的伐刀絕技無效**。

能力本身並沒有攻擊力。

所以諸星同學的攻擊手段也是全都仰賴『體術』……也就是『槍術』。」

因此這兩人的比賽想必會變成純粹的體術勝負。

不過就算如此，刀劍對長槍的距離依舊不利。

「但我不認為只靠距離優勢，就壓制得了〈無冕劍王〉。」

去年，諸星的距離優勢徹底封鎖了〈雷切〉。

但是一輝的機動力與判斷力，以及在中距離戰的底牌之多，早已超越學生的領域。就算是〈七星劍王〉，也很難長期把一輝這種等級的劍士固定在自己的攻擊範圍內。這樣一來──

「那麼……第一輪〈七星劍王〉意外的敗北──」

「應該很有可能發生。」

至少比賽不會呈現一面倒的局面。

〈落第騎士〉、〈七星劍王〉──正因為刀華與雙方交手過，才能如此肯定。

一輝近身戰的實力，毫無疑問是全國等級。

而且他的程度足以爭奪〈七星劍王〉的寶座。

（就算是這樣，第一戰就抽到〈七星劍王〉，運氣真的太差了。）

不過，倘若他的狀況極佳……比賽肯定會大爆冷門。

「黑鐵同學，加油！」

身在東京的刀華如此希望，並為遠在大阪的一輝送去聲援。

◆◇◆◇◆

『──敬告會場的各位貴賓：

戰圈已整頓結束，C區第一輪比賽即將開始。

C區各位選手請盡速前往準備室集合。』

——場景回到磨缽構造的灣岸巨蛋。

廣播傳來通知，設置在人工草皮中央的戰圈已經整頓完成——

一輝等人稍早還靠在觀眾席走道的柵欄旁觀戰，此時一行人也聽見了廣播。

「那麼，我差不多要去準備室了。」

一輝聽見廣播後，向一起觀戰的珠雫與有栖院這麼說道。

一輝是C區的第四場比賽。

雖然他不需要特地提早，但也沒必要特別晚到。

「一輝，加油啊。」

「祝您武運昌隆，哥哥……不過話又說回來，真是受不了史黛菈同學，自己的比賽就算了，應然連哥哥的比賽都遲到。」

「一般來說應該反過來吧……」

「我之後會用『小姑必讀．玩弄新娘的一百零八種方法』裡學到的殺人技巧，狠狠教訓她一頓的。」

「哈哈……要適可而止啊。那麼等會見了。」

珠雫見兄長的戀人竟然沒有第一個前來為兄長加油，正在憤憤不平。一輝安撫了珠雫之後，和眾人道別，走向準備室。

© Won

一輝在兩人面前，始終都是一臉輕鬆。

平靜得一點都不像即將上戰場的人。

或許是因為如此，珠雫目送一輝離去之後，安心地鬆了口氣。

「太好了，哥哥看起來不像以前那麼緊張。」

「呵呵，這也是當然的。一輝可是和〈比翼〉交手過，他怎麼還會怕〈七星劍王〉這種等級的敵人呢？」

有栖院說得沒錯，珠雫點頭表示同意。

那場戰鬥應該對兄長產生好的影響。

此時的珠雫對這件事沒有半點懷疑。

「嗨——兩位，昨天之後就沒見面了呢。」

某處忽然傳來熟悉的嗓音。

仔細一看，有一位身著白衣的女子一邊揮著手，一邊從一輝離去的方向走來。

「霧子學姊……」

「哎呀呀，最近真常遇見妳呢。」

「嗯哼，真的呢。或許是命運把我們拉在一起了。」

「常常和醫生拉在一起的命運，可是會讓人寒毛直豎呢。」

霧子面對有栖院的玩笑話，只是聳聳肩——接著她神情嚴肅地問道：

「我剛才和〈落第騎士〉擦身而過了呢……他碰到什麼事了嗎？」

「您說的是什麼意思？」

霧子的問法略顯不安，珠雫率先反應過來。

「我覺得哥哥看起來很放鬆啊。」

珠雫回問霧子，她是基於什麼理由才說這種話？

對此，霧子借用珠雫的用詞來反駁：「就是這個。」

「他放鬆過頭了。」

「……？」

「我和他擦身而過的瞬間，對他稍微作了點檢查，脈搏、體溫、發汗……以及血液中流竄的荷爾蒙平衡度，一切太過平靜了。不管是什麼人，一般來說在戰鬥之前，這些數值多少都會有些變動，但是他卻毫無變化。」

這實在不像是人類會有的反應。

據霧子所言，昨天一輝面對諸星時，是呈現某種程度的興奮狀態。

而今天的他卻和昨天不同，完全沒有任何興奮反應，就代表——

「……他是**刻意強迫自己的身體處在過度的放鬆狀態**……昨天他的興奮狀態是最適當，剛好能進行戰鬥的程度，並不是現在這個樣子。他可能心中隱藏某種不安也說不定。」

（哥哥會…………不安…………？）

「您、您說的是千真萬確嗎!?」

「我沒辦法看出他在不安什麼，但是我的診斷沒有錯。」

「……他或許只是刻意放鬆，使身體不要浪費多餘的力氣吧？」

「我不認為是如此，適度的興奮能夠提升戰鬥力……說老實話，我認為他很清楚這點，所以才覺得奇怪呢。」

「…………」

霧子做出如此不祥的診斷。

場面頓時陷入令人尷尬的沉默。

珠雫在這段沉默之中，想起昨晚與一輝道別後，從霧子口中聽聞的那些事。

——那是即將與一輝敵對，〈七星劍王〉諸星雄大的過去。

※　※　※

『悲愴到極致的義務心？那是什麼意思？』

一輝贏不了諸星。

霧子肯定地這麼說道。珠雫則是略帶質問的語氣逼問霧子。

在她耳中聽起來，感覺對方就像是在莫名侮辱兄長。

但是霧子不會不分青紅皂白就這麼說。

『……你們今天在店裡見到諸星的妹妹了嗎？那你們應該察覺到了吧。她沒辦法說話。』

『是，聽〈七星劍王〉說，她有精神上的毛病。』

『小梅會沒辦法開口說話，全都是因為諸星。』

『妳、妳說什麼!?』

『雖然我不這麼認為……不過也找不出其他原因，所以諸星自己這麼認為。』

於是霧子開始述說。

關於支撐諸星的義務心，以及其背景——

那是距今六年前的事。

當時的諸星以〈浪速之星〉的稱號，被人奉為關西第一的少年騎士。那時發生在諸星身上的悲劇，就是一切的開端。

『諸星、小梅在假日的時候，和家人一起搭電車去遊樂園，但是電車卻發生事故。那件事故成了轟動全國的大新聞，你們兩人應該都看過吧？』

珠雫則是點了點頭。

她在老家的時候確實看過這則新聞。

『我記得那件慘劇死了大約上百人。不過直到今天哥哥告訴我，我才知道〈七星劍王〉當時也被捲進事故裡。』

『是啊。很多人死在那場事故之中，諸星能活下來也算是幸運了。但是他也不是毫髮無傷。他的雙親和妹妹三人都是輕傷，唯有諸星受了重傷——失去了雙腿。』

『失去……？也就是說，他殘廢了嗎……!?』

『是啊。再生囊這個奇蹟之盒是集現代科技與醫學之大成，不只是慘遭切斷的手臂、雙足，視情況甚至能修復頭部。但是再生囊最多是做到**接合**，可沒辦法重新生長出被絞成肉醬的雙腳。』

換句話說，諸星的傷在醫學上是無法治癒的。

『〈浪速之星〉的未來受到眾人期待，他被視為〈夜叉姬〉之後難得的優秀人才，也是家鄉大阪的英雄。這樣的他雖然保住性命，卻在小學聯賽的上位強者們進行決勝淘汰賽之前……無可奈何地引退了。』

想必他是多麼悔恨。

他是多麼不甘心。

但是這時的諸星，甚至無法獨自行走。

這種狀態根本不能戰鬥。

因此，不論這個選擇多麼苦澀，〈浪速之星〉曾經接受了這個命運。

與生俱來的樂觀讓他轉換了想法，放棄了騎士之道，打算邁向新的人生。

但是………

『還是有人和他不同，她沒辦法就這樣轉換心情。』

那就是諸星小梅——諸星的妹妹。

為什麼？答案……非常的殘酷——

『……事故當天求家人說：「想去遊樂園」的人，就是她。』

『——！那小梅不就…………！』

『沒錯，小梅……非常自責。』

要是那天自己沒說想去遊樂園——

兄長就不會失去雙腳，以及燦爛的未來。

都是自己的任性——

是的……少女不斷地責備自己。

強烈地責備自己，直到心靈崩潰。

最後……少女彷彿是為了懲罰任性的自己，失去了言語。

『竟然發生過這種事……』

『……心靈的疾病很難醫治。那身體上的外傷與疾病不同，每個人的症狀與治療方法差別都很大。我們醫生雖然悲傷，卻無能為力。不過——有個男人想醫治好小梅的病。』

從霧子口中的**義務心**一詞，珠雫便能猜到男人的身分。

『他就是〈七星劍王〉——諸星雄大。』

『沒錯，妹妹身上的病變，使得曾經放棄騎士之道的諸星心中再次燃起火苗。』

霧子這麼敘述著。

事故之後過了不到半年。

當時霧子正在研究『使用全身細胞修復殘廢部位』的回復魔法。諸星不知道從哪裡聽到自己的傳聞，便來到自己面前。

──醫生，拜託妳。請讓我能夠再一次站在戰場上！

他應該沒有和家人商量，就一路從大阪大老遠**拖著身子爬來**廣島。

以那渾身泥濘，傷痕累累的身體……以及堅決如一的決心。

『我馬上就答應諸星了。不過我可不是被他的誠意感動了，單純是他出現得剛剛好罷了。我當時正在找研究用的『實驗品（白老鼠）』。

嗯哼，我很過分吧……當時的我認為自己什麼都辦得到，自以為什麼事都能做。所以我毫不猶豫就涉足『神明的領域』，嘗試製作出殘廢的部位。』

『那麼，諸星學長現在的雙腳就是……』

『妳想得沒錯，那是義肢。我削取他全身的組織部位，分解成分子單位後，重新捏製成義肢。』

珠雫同為水術士，〈白衣騎士〉的神乎其技更是令她啞口無言。

將他人失去的雙腳完全復原。這世界上能辦得到這種壯舉的水術士，恐怕不超過三人。

而且，若是採取這種方法，義肢的材料全都取自於諸星的身體。並不會像移植他人內臟那樣，產生排斥反應。

但是──

『咦?可是人類的雙腳可是占了全身將近一半，要是從全身組織削取材料重新製作雙腳……剩下的身體不會出問題嗎?』

有栖院開口問道。珠雫也有同樣的疑問。

而她的憂慮也正中紅心。

『你的著眼點不錯呢。就是如此，**出了大問題呢**。首先，理所當然地全身的肌肉量會大幅衰減，甚至幾乎無法維持性命。緊接著，由於要製作出大腿骨這樣龐大又堅固的骨頭，全身的骨質密度劇烈下降，變成重度的骨質疏鬆症。』

手術後的諸星，衰弱到連肺部收縮都會引起胸骨劇痛。

恐怕就算是他遭遇事故之後，也沒有像這樣陷入瀕死狀態。

但是，這還只是個開始。

由於諸星的身體已經瘦成皮包骨，必須重新鍛鍊肌肉，才有辦法做最低限度的移動。而且鍛鍊肌肉的速度要盡快，不然他減少的肌肉量已經無法維持身體機能，再這樣下去可能會造成生命危險。

因此霧子逼迫諸星。

要他以那宛如枯木般的身軀，進行等同於一流運動員程度的重度重量訓練。

『當然，要他以那副身體做重訓，絕對不會有好下場。』

鬆散的骨頭碎了又碎，鬆弛的肌肉斷了又斷。

柔弱的肌腱四分五裂，渾身神經七斷八續。

諸星只能咬牙忍住疼痛，拖著骨折的雙腳奔跑，以支離破碎的手腕舉起啞鈴。

每當他的身軀「毀壞」了，霧子便會以治療魔法修復損壞的部位。但這就代表著，他必須品嘗成千上萬次「身軀毀壞」的痛楚。

如此胡來的行為，幾近於拷問，嘔吐、失禁根本是家常便飯。

霧子回想起諸星的復健過程，根本是人間地獄。

直到最後終於──

『三個月……只過了這麼短的時間，就受不了了。』

『這也難免，實在是太亂來了……』

『不如說，真虧諸星能撐過三個月啊。』

珠雫和有栖院甚至認為三個月太長了。

他的療程，很明顯已經超過治療的範疇了。

怎麼可能有人能一直堅持下去。

不過──事實卻狠狠顛覆了兩人的想法。

『你們兩個人誤會了呢。受不了的人**是我**。』

『咦……？』

『我一開始只是一如往常把諸星當作實驗品，每天記錄他的觀察過程。雖然這是理所當然的……但他不是單純的實驗品，而是和自己有著同樣『形體』的生物……我看著這樣的生物承受超越人類極限的劇痛，不斷因痛苦而掙扎，就這樣數天、數十天地看下去……怎麼可能保持平靜……說實話，我幾乎快瘋了。我就算是在夢中，也彷彿聽得見諸星痛苦的哀號。』

過了三個月左右，霧子甚至覺得自己的研究，根本是惡魔的研究。

應該馬上放棄這個研究。

現在的義肢技術很高明。

高性能的義肢在日常行動上，幾乎不會有任何障礙。不過義肢沒辦法輸入魔力，也不能和自己的雙腳一樣，做出細微的動作，所以諸星不可能再次成為選手。

但是這也很足夠了。

霧子心想，於是她要求諸星停止復健，打算再次施行手術，將腳部組織組回上半身。

『可是——諸星卻這麼對我說了。』

諸星當時的話語，一字一句，霧子至今無法忘懷。

他的臉龐滿是汗水，呼吸急促地說道——

——醫生，妳知道小梅說出的最後一句話是什麼嗎？

她哭花了臉，對我說了三個字：對不起……從那天之後，她再也說不出話了。

全部都是我的錯，是我太沒用了。

都是我受重傷，才害得小梅背負不必要的罪惡感。

她想去遊樂園。

她只是提出這麼令人憐愛的任性要求，卻因為我，讓她以為任性就是罪惡。

……所以我不能就這樣放棄。

我一定要讓她知道，她不需要道歉，不需要在意。

所以我不能繼續維持這麼丟人的身體。

我在那場事故中失去的東西，雙腳、力量、地位——我要全部拿回來。不是用嘴巴，而是用結果告訴她『我已經沒事了。』不然我絕對不會原諒自己！

所以…………！

我直到小梅原諒自己，再次開口說話之前——

就算骨頭碎上千百遍……肌肉斷上千萬遍……！

我絕對不會再讓妹妹（那傢伙）看見自己無力的背影!!!!

這——才稱得上是大哥啊!!!!

『諸星這麼說完，直到最後都不曾放棄復健，完全沒有。

……幾年之後，他拚上性命的努力終於開花結果了。

〈浪速之星〉終於回到大舞台上，而且身懷和以前毫不遜色的力量。』

他一路向上爬，登上日本學生騎士的巔峰——〈七星劍王〉。

『不過，即使如此，諸星依舊尚未達成自己背負的義務。直到小梅開口說話的那一天，他不論何時都會**拚上性命**。』

他會想和一輝一決勝負，並不是因為上進心。一切都是為了他的妹妹。

身為兄長的義務心成為諸星的原動力，使他一步步從地獄爬了上來。而這股意志之火至今未曾熄滅，仍然在諸星心中持續燃燒著。

『我始終注視著他，所以我能保證。只依賴**想擊敗對手**這種純粹的上進心，絕對打不倒〈七星劍王〉諸星雄大……不是為了自己，而是為了珍惜的人而戰，這樣的人可是很強悍的。』

◆◇◆◇◆

珠雫回想起這些過往，光是諸星在戰鬥投注的恐怖執著，就能讓她不寒而慄。

為了取回妹妹的言語。

諸星為了這個目的，從無法復原的重傷中再次站起雙腳，重新回到戰場上。

而且是跨越了幾近拷問的復健。

他的執著、他的決心——皆是非比常人。

（……諸星學長的強悍是毫無疑問的。）

不只是身體，心靈也是。

倘若一輝心中抱持著迷惘，珠雫不認為一輝有辦法贏得了他。

（哥哥……！請您千萬要振作啊！）

因此珠雫只能在心中默默祈禱。她注視戰圈一旁的藍色閘門，之後一輝將會從這個地方出場。

而視野之中——

「啊……………」

珠雫在藍色閘門正上方的觀眾席，看到一名嬌小可愛，留著妹妹頭的少女。

那是諸星的妹妹，諸星小梅。

仔細一看，小梅和剛才的珠雫一樣，凝視兄長將會出場的地方，也就是紅色閘門。

……她的表情相當痛苦。

『呃——敬告會場的各位貴賓：

讓各位久等了。

現在即將舉行七星劍武祭C區第一輪的第一場比賽！』

「…………」

珠雫聽見比賽開始的廣播後，便從小梅身上移開視線，轉移到戰圈上。

但是她在腦中思考著。

若是自己站在小梅的立場上，會是什麼樣的感覺？

一輝因為自己失去雙腳，接著為了取回自己的聲音，跨越重重苦難，甚至是現在……也身處在傷害他人的世界中持續奮戰著。要是自己什麼都做不到，只能在一旁觀看，會是什麼心情？

「唔…………」

珠雫光是在腦中想像，就宛如身受切膚之痛。

◆◇◆◇◆

C區比賽不像B區那樣發生遲到等狀況，順利地進行中。

其中……諸星做完適度的暖身後，坐在準備室的折疊椅上，望著一張紙張。

『加油！』

紙張上寫著圓潤可愛的文字。

——諸星昨天沒有回旅館。

他看著一輝搭上救護車後，就回到了店裡。不過店裡依舊門庭若市，搞得他最後來不及回去。
而這張紙是今天早上，小梅在諸星出門前遞給他的。
諸星要去參加開幕式之前，曾經這樣拜託她。
『小梅，妳能像以前一樣，對我說句『加油』好嗎？』
這句話就像是諸星的護身符。每次比賽之前，諸星都會這麼拜託小梅。
而小梅聽見諸星的請求，總是一瞬間露出複雜的表情——
接著馬上轉為笑容，寫下這張短短的留言。
一如往常——
「……」
諸星看著紙張，回想小梅那瞬間的神情。
看起來滿是歉意，非常痛苦。
諸星很清楚。
妹妹是抱著什麼心情，才會露出那樣的表情。
她已經發現了。
諸星是為了自己，才會回歸騎士的世界。
當然，諸星從未對小梅這麼說過，也不希望她有所回報。
不過他們是血濃於水的兄妹，她自然能大致猜到兄長的想法。
因此，小梅更是猶豫不決。

兄長是為自己而戰，自己怎麼能置身事外，若無其事地鼓勵兄長。

諸星看穿了她的心思……溫和地微笑。

「……傻瓜。」

（小梅，你根本不需要覺得抱歉……妳一點錯都沒有。）

所以妳根本不必感到愧疚。

妳只要慢慢地，照著自己的步調，重新站起來就好。

就算花上幾年、幾十年，這都無所謂。

（在這期間，我絕對不會輸。妳『根本沒有從我手中奪走任何東西』——直到妳發覺這件事，再次站起來之前…………我會一直贏下去！）

所以——

（**到時候，希望妳能像以前一樣**——

『敬告準備室的選手們。C區第三場比賽已經結束，C區第四場比賽即將開始。破軍學園・黑鐵一輝選手。武曲學園・諸星雄大選手——請兩位選手進入入場閘門。』

「……好！就讓我大鬧一場吧!!!」

（妳要好好看著我的背影啊！）

——『……呃——剛才在C區第一輪第三場的比賽中，城之崎白夜選手展現實力，漂亮地將對手踢出場外，倒數十秒KO出局，成功獲勝。真不愧是去年的亞軍呢，牟呂渡教練。』

『是啊。不過堂堂魔法騎士竟然是輸在場外倒數上，感覺很不來勁呢。雖然這個規則是為了保護選手們的安全，但我還是希望他們能在戰圈上一決雌雄啊，哈哈。』

『原來如此，說不定很多觀眾也有同樣的想法呢。

那麼就讓我們把期待放在下一場對決上吧！好了，讓各位觀眾久等了。接下來的比賽，恐怕是今天最受矚目的一場比賽。讓我們請C區第四場比賽的選手(組合)進場!!!!』——

◆◇◆◇◆

伴隨飯田播報員的實況轉播聲，入場閘門的柵欄緩緩拉起。

於是，C區第四場比賽的選手從閘門入場了。

『首先從紅色閘門現身的就是前次大賽的優勝者！武曲學園三年級，諸星雄大選手！

他是來自西方的英雄，仰賴超常且天才般的槍術，以及號稱所有伐刀者的『天敵』——能『粉碎魔法』的能力，在去年終於一路衝上日本的頂點。但是他的道路絕對稱不上平坦！

　他在小學聯賽的決勝淘汰賽前，遭遇不幸的事故。他身受重傷，雙腳殘廢，足以斷絕他的騎士生涯，因此他曾經一度黯然離開騎士之道。但是——這個男人回來了！他克服了無法再次行走的重傷，從地獄的深淵爬到這個國家的頂點！

　騎士道的榮耀與挫折，深知一切依舊不屈不撓的男子漢！〈七星劍王〉諸星雄大！

　今天，他將要挑戰七星劍武祭史上初次的二連霸，而再次降臨戰圈之上啦————!!!!』

　下個瞬間——**歡呼**震撼大地。

『『『阿——星!!!!阿——星!!!!』』』

『各位請聽聽看，這洪亮的歡呼！歡呼響亮得彷彿整個灣岸巨蛋都在搖晃——！不愧是當地的英雄！人氣真是旺啊！』

　連綿的歡呼有如地鳴一般。

　現在日本國內不會有別的學生騎士，能像他一樣聚集如此旺盛的人氣。

　諸星背負著如此龐大的期待——

「好啊啊啊啊————!!!!」

他顯現靈裝〈虎王〉，使勁高舉，彷彿要刺穿天空似的。

這番演出，彷彿在告訴觀眾：「一切都交給我吧！」

同一時間，會場的激動到達沸點。

『『『喔喔喔喔喔喔喔喔喔喔喔喔喔喔喔喔喔喔喔——!!!!』』』

『這實在太驚人了！諸星選手面對如此動搖大地的龐大歡呼，毫不畏懼！毫不退縮！他一肩擔起如此眾多的期待！眾多的希望！這名少年實在太厲害了！多麼驚人的男子氣概啊!!!!』

『這就是諸星雄大厲害的地方啊。』

『哦？怎麼說呢？』

『就像剛才飯田先生所說的，他是從無法復原的重傷中，再次重返戰場。理所當然的，他比起其他選手，更容易對自己的身體狀況感到不安。但是他毫不膽怯，絲毫不見任何不安，背負身上所有的期待，並且回應了這些期待。彷彿在告訴大家「我沒問題，不需要擔心我」。

……而且呢，我實際上曾經接受過和諸星選手同樣的復原手術。』

『這麼說起來，牟呂渡教練有一隻腳是義肢呢。』

『是啊，KOK聯賽的選手經常遭遇四肢殘缺，所以非常需要這種復原手術。但是包含我在內，復原手術幾乎沒有成功的案例。你知道是為什麼嗎？』

『我不清楚呢。為什麼呢？』

『事實上，復原手術本身的成功率是百分之百，不過幾乎沒人撐得過術後的復健。復原手術的進行必須先從現存的肉體中取出細胞，重新構築成殘缺的部位。所以術後會患上各式各樣的併發症，例如重度骨質疏鬆症，或是肌肉減退造成的內臟機能下降——要是不進行重量訓練，衰減的肌肉是回不來的。所以必須以這樣的身體進行重量訓練，直到身體復原為止。因此，復原手術的復健伴隨著成千上萬次的骨折、肌肉剝離……我一個大男人，還是無法忍受啊。才過三天，我就哭著懇求醫生「把腳收回身體裡」。

不過，諸星選手克服了那些有如地獄般的復健過程。

還鍛鍊出以前無法比擬的力量。

沒有超越常人的毅力與覺悟，是辦不到的。

說實話……他的身上，高等級的心、體、技三者兼具，再加上如此驚人的氣魄、勇氣與毅力，我完全無法想像這名七星之王會敗在他人手中。』

『原來如此，我們可以期待見到七星劍武祭史上第一次的二連霸！

緊接著——〈七星劍王〉的第一戰對手，現在正式入場了！』

觀眾聽聞實況的內容，眾多視線聚集在藍色閘門。

一名少年提著黑刀，在眾目睽睽之下悠然地走上台前。

『應該有不少觀眾認得這名少年的面孔！他是七星劍武祭史上第一位F級選手，前不久還因為〈紅蓮皇女〉史黛菈公主牽扯出一連串的騷動，引發了話題。但是大家可不能被他的級別欺騙了！他的實力是掛保證的！就在去年，〈雷切〉東堂刀華讓〈七星劍王〉諸星雄大傷透腦筋，但是他今年卻在校內選拔賽當中，一刀擊敗了〈雷切〉，更在非官方的比試當中擊敗了A級騎士史黛菈・法米利昂！異端的強者！不知何人為他起了稱號，〈無冕劍王〉！

他擁有最弱的魔力，以及最強的劍技。本次大賽注目度第一的黑馬！

破軍學園一年級・黑鐵一輝選手，現在他終於站上全國大賽的戰圈啦——!!』

一輝登場時，眾人的歡呼雖然比不上諸星，卻也相當響亮。

所有人都期待著。

這名異端強者以F級的身分登上這個決定日本第一的舞台。而他的存在，究竟會在這場大會上掀起什麼樣的風波。

有栖院望著會場的狂熱，吞了口唾沫。

「這個時刻終於來臨了……一輝終於站上全國大賽的戰圈了。」

那名命運多舛的騎士，一直以來不被任何人看好，甚至遭受不公平的對待。現在卻搖身一變，成為眾人認同的強者，站上全國大賽的戰圈。

有栖院在同一個學園裡，看著一輝從校內選拔賽一路走來，眼前這副光景實在令他感慨萬千。

「是啊……不過哥哥的目標還有很長一段距離，可不能輸在這裡。」

珠雫語氣僵硬地這麼答道，接著詢問身旁的霧子。

「霧子學姊，哥哥的狀況如何？」

「嗯～等我一下喔。」

霧子語畢，閉上左眼。

「〈視診〉。」(Doctor Scope)

她將魔力集中在右眼，幫戰圈上的一輝進行「身體檢查」。

接著，淡淡一笑。

「嗯哼♡真不愧是身經百戰的戰士呢。」

「什麼意思？」

「剛才擦身而過的時候，我感覺到的不自然已經消失了。體內的荷爾蒙平衡度、血壓都保持在適當的緊張與興奮狀態，完全進入戰鬥狀態了。他應該是在準備時間裡，重新調整自己的心態。不愧是他……珠雫，你放心吧。你的哥哥毫無疑問——處於最佳狀態！」

於是，舞台已經準備完成，演員到齊了。戰鬥的銅鑼即將敲響——

『那麼，七星劍武祭第一輪，C區第四場比賽！
諸星雄大選手　對　黑鐵一輝選手的比賽，即將開始！
LET's GO AHEAD——!!!』

◆◇◆◇◆

比賽開始的信號響起。同一時間，一輝奮力踏地，朝著〈七星劍王〉直奔而去。
『喔喔！黑鐵選手在比賽開始的同時開始行動了！是速攻——！』
播報員見到一輝竟然對〈七星劍王〉展開速攻，大肆驚呼。會場中一時間驚呼連連。
他完全沒有觀察狀況，馬上進行速攻。
大意？焦急？匆促——他或許是抱持其中一種情感，才會有如此舉動。
但另一方面，在一旁觀戰的有栖院卻是——
「好判斷！」
他稱讚了一輝的判斷。
「艾莉絲？」
「反正一輝沒有遠距離的攻擊手段，就算隔著距離也沒辦法進攻。所以勝負關鍵就在於，他要如何穿越〈七星劍王〉的長槍範圍，將距離縮減到劍的攻擊範圍裡。」

那麼，開場速攻就是選項之一。

「長槍的優點與缺點同時在於，**攻擊範圍**受到武器本身的限制，要是能潛進諸星的懷中，就能一口氣取得優勢！」

「不過諸星自己也很清楚這點，他可不會輕易讓敵人進到自己的懷裡喔。」

諸星彷彿在證明霧子的話語，從守勢開始展開行動。

他面對一輝的速攻，沒有露出絲毫動搖，悠然地將長槍型靈裝〈虎王〉的槍尖打橫，身軀微微傾斜。就在這瞬間——

灣岸巨蛋內的所有人頓時感受到一陣戰慄，渾身起了雞皮疙瘩。

「～～～～！」

待在觀眾席上觀戰的珠雫等人也感受到了。

「這、這男人究竟是……！他光是擺出架勢，就能感受到這麼大的壓力……！」

這股戰慄的真面目，就是諸星擺出架勢，同時朝向周遭四射的威嚇。

這陣威嚇氣息，使得方才仍舊響亮的鼓譟聲頓時化為寂靜，會場周遭鴉雀無聲。

立於戰圈之上的這個男人，只靠著威嚇，吞沒了多達數萬名的觀眾。

正在進行速攻的一輝，也被這股威嚇逼得停下腳步。

昨晚就是這道目光，阻卻了多多良幽衣的前進。

諸星雄大的〈睥睨八方〉。

但是——

「————」

這也只有短短一瞬間。

一輝馬上催動原本停下的步伐，再次奔向諸星。

『黑鐵選手雖然一度停下腳步，但是他仍然毫不畏懼！他勇猛地向前邁進了！』

『他的心靈很強韌呢。〈七星劍王〉只靠著威嚇，就能讓尋常的選手嚇得全身發抖，但是他卻沒有任何遲疑。』

負責解說的牟呂渡教練稱讚了一輝的勇氣。

不過，諸星自然也明白敵人的勇猛。

這麼一點威嚇，怎麼可能逼退〈落第騎士〉。

他文風不動，直到一輝踏進自己的攻擊範圍之內，這個瞬間——

「唰！」

電光一閃！

諸星足以貫穿虛空的金槍〈虎王〉顯露利牙。

一輝緊急向後跳步，逃向射程之外——一部分瀏海仍然緩緩散落在空中。

或許是長槍過於快速，一輝逃離的腳步慢了一步。

諸星的反擊，引得會場再度歡聲四起。

『多、多麼銳利啊——!!』

這一刺，足以貫穿大氣。即使坐在播報席上，也彷彿能聽見槍尖破風的聲響！

黑鐵選手無可奈何地退後了！諸星只靠一擊就阻斷敵方的突擊啦！』

『不只一擊。』

『咦？』

『請把鏡頭放大到〈落第騎士〉的胸口。』

負責實況轉播的飯田聽從牟呂渡的指示，將實況用鏡頭放大，於是——

會場的大型液晶螢幕上，映照出一輝衣服上的孔洞。

『這、這是……！衣服上有兩處刺傷！』

『沒錯，算上頭髮總計三處。從旁觀察，他的動作看起來只有一刺，實際上卻是同時刺穿三處，神速般的槍術——這就是〈七星劍王〉的槍術〈三連星〉。諸星這名選手的能力能夠破除魔法，在對伐刀者戰鬥中堪稱最強，所以很多人只會看中他的能力。事實上，我認為諸星雄大最大的武器，其實是他鑽研到極致的槍術。要想跨越他的槍尖是難上加難。〈落第騎士〉也是因為剛才那三槍，心生警戒，不敢輕易踏足敵人的懷中。』

牟呂渡自信滿滿地解說道。

這也是最適當的策略。

槍術士的視線已經鎖定自己，此時還想正面突破守勢，只是有勇無謀罷了。

長槍在面對立於直線上的敵手，可說是無與倫比的強悍。

既然沒辦法在開場攻其不備，只好想辦法從旁攻破。這才合乎常理。

因此──一輝接下來的行動，令在場眾人大吃一驚。

他既不跑，也不跳，彷彿像是在散步似的，不帶殺意，緩緩靠近諸星──接著**停在**諸星面前一點五公尺處。刀劍隔著這個距離搆不到諸星，但是長槍卻能攻擊到一輝！

『什、什麼──！黑鐵選手到底打著什麼算盤!?他、他的舉動就像在對對手說：『快刺過來』一樣啊──!?』

播報員與解說員頓時困惑起來。

他的行動確實不知所以然。

表面上看來，他的舉動甚至近似挑釁。

而一部分觀眾也當作是挑釁了。

『阿星！你被小看啦！快上啊！』

『不要讓東京來的小混蛋看扁了！』

觀眾席的一角湧出怒罵。諸星則像是回應那些怒吼般地──

『諸星上前了！〈七星劍王〉對不怕死的挑戰者進行怒濤般的猛攻！連續〈三連星〉！』

他再次展現方才的絕技。

肉眼無法捕捉的〈三連星〉連擊。

槍尖宛如從天而降的死亡之雨，其密度和機關槍的槍林彈雨相去不遠。

不可能閃避，這不可能躲得過的——但是——

『沒、沒打中！打不中啊——！以神速著稱的〈三連星〉竟然連一點擦傷都沒有擦破！他的步伐多麼華麗！黑鐵選手姿態優雅地迴避槍尖，簡直像是在跳舞啊！』

諸星的〈三連星〉在一呼一吸之間，就能同時貫穿三處。而一輝身處在〈三連星〉的射程之內，他不採取第一擊那樣的直向迴避，而像是踩著舞步一般，一左一右，完全躲過了那如雨一般的攻勢。

一輝並不是不加思索就停留在這個距離。

〈三連星〉的確是相當驚人的體術，甚至到達超人般的領域。

不過一輝曾經看過，比〈三連星〉更俐落、更快速的技巧。

沒錯——那就是〈劍士殺手(Sword Eater)〉的〈神速反射(Marginal Counter)〉。

他的反射速度超越人類極限，快得甚至會產生**八連擊同時揮來**的錯覺。

拿〈三連星〉和這種招數相比，一輝靠著雙眼就能跟上〈三連星〉的攻擊速度。

一輝只需要冷靜地看穿長槍的軌道，就能輕鬆應付這個招數。

諸星進攻，一輝閃躲，雙方的攻防戰持續十秒左右。

諸星判斷對方能夠輕易應付攻擊，便大步向後跳去，拉開間距。

『諸星選手終於退後了！這是怎麼回事？黑鐵一輝選手一次都沒出手，就逼退了

〈七星劍王〉！彷彿在奉還一開始的威嚇一樣——！』

『他、他到底是……』

『騙人的吧……!?』

『好、好厲害啊——！那個騎士真的只有F級嗎!?』

『太帥了——！』

『場內頓時充滿尖叫與歡呼，兩位選手非常會炒熱氣氛呢！』

『看來〈獵人〉和〈雷切〉等等去年的七星劍武祭代表生，並非平白無故敗在他手下呢。我第一次看見有選手能在中距離進行如此激烈又迅速地移動。不過——看來兩名選手在剛才的戰鬥中，都還沒拿出真本事啊。』

牟呂渡低聲說道。而他的低語所言不假。

諸星表面上看似被一輝逼退，但是他的脣邊卻緩緩勾起微笑……開口問向一輝：

「你可真大膽啊，竟然敢讓我**陪你暖身**。怎麼樣？身體狀況如何啊？」

「……謝了，託你的福，我終於搞清楚了。」

沒錯，稍早的攻防戰中，不管是一輝或諸星，雙方都不打算趁勝追擊。

一輝停留在危險距離中，刻意持續躲避〈三連星〉，一切都是為了確認自己的身體**會不會因為恐懼而僵直**。

諸星則是看穿一輝的目的，特別陪他一次。

一輝知道諸星的好意，向他道了聲謝。

託諸星的福，他終於肯定了。

「我今天的狀態，的確是好得無以復加！」

步伐的伸縮良好，身體移動俐落，視野也非常開闊、清晰。

就算與諸星的槍刃擦身而過，心中也沒有產生絲毫恐懼。

昨晚面對王馬時的不自然，已經消失無蹤。

這樣就沒問題了——可以戰鬥！

一輝感受到這點後，上場後第一次在劍上賦予殺氣，舉刀以對。

諸星見狀，也滿意地點點頭。

「很好，那麼大放送時段就結束啦。我也要認真上了。」

諸星施放的壓迫頓時增強一倍。

真不愧是〈七星劍王〉。光是對上視線，壓迫感就重得快喘不過氣來。

但是——一輝心想。沒問題，贏得了——

因為他從稍早的攻防之中，確定了一件事。

（和事前看過的影片一樣。諸星學長的槍術……有個致命的弱點！）

「他的表情很棒呢。看來黑鐵同學已經看穿〈七星劍王〉的破綻了。」

破軍學園的病房中，刀華緊盯著電視轉播，看著兩人的攻防淡淡低語。

「妳說破綻？」

「是啊。他應該是一次次觀看影片，細心研究很久，最後在剛才的攻防中，肯定了自己的猜想。」

「我不太懂呢。諸星同學的破綻究竟是什麼呢？」

「嗯……彼方，妳知道『長槍』的攻擊方式是什麼呢？」

刀華回問彼方，彼方則是短暫思考後，這麼答道：

「當然是『刺擊』了。」

「是啊，長槍的確是專門用來刺擊。不過……長槍還存在另外一種攻擊方式，那就是活用長槍本身絕對的攻擊範圍，進行『橫掃』。」

長槍的『刃』只有最前端的部分。

和刀劍相比之下，長槍的「橫掃」確實較為難以想像。

但實際上，不能小看長槍的「橫掃」。

使用超過一公尺的堅硬木棒，以離心力進行打擊，就能輕易打斷人類的骨頭。

中國槍術甚至有流派完全把「刺擊」當作「障眼法」，也就是當作誘餌，刻意讓敵人躲過，再以打擊為主的「棍」進行攻擊。

「不過〈七星劍王〉諸星雄大的槍術中，完全不存在『橫掃』。而且不只是這次比賽，他回歸以後的所有比賽中，他的槍招完全只由『刺擊』組成，一次都沒有使用過『橫掃』。當然，他和我的比賽當中也是如此。」

「哎呀……這我就沒發現了呢。」

彼方聽見這項事實，舉止高雅地表現出驚訝。

「不過為什麼諸星同學只使用『刺擊』呢？是因為他認為不需要其他攻擊方式嗎？」

「『刺擊』的確很強。不但動作少，攻擊速度快，而且力道聚集在槍尖一點上，所以攻擊力也很高。特別是諸星同學的〈三連星〉，他甚至連槍的進退都幾乎沒有空隙，稱得上是最強的攻擊模式。甚至就像彼方說得一樣，他完全不需要『橫掃』——但是面對黑鐵同學這樣的武術高手，又是另外一回事了。」

刀華解釋道。

不論刺擊的速度多麼快，多麼銳利，攻擊範圍還是只限於一點。

和「橫掃」這樣的橫面攻擊相比，幾乎沒有牽制力。

點的攻擊不但容易看穿，再加上發動刺擊後，身體前傾，很容易遭到反擊。

「在劍道上，這種攻擊稱作『死太刀』。」

「換句話說，以黑鐵同學的反射神經來看，他要破解諸星同學的攻擊模式，應該不難，是嗎？」

「就是這麼回事……**不過這是一般來說而已**。」

此時，刀華非常難得地，露出有些淘氣的笑容。

「一般來說？妳是說？」

「很遺憾，現在與黑鐵敵對的男人**並非常人**。如果黑鐵同學的想法，和我剛才說得一樣的話……他一定會吃大虧，就像去年的我一樣。」

就在刀華說完不久──

『喔喔！此時黑鐵選手在此主動上前了！』

位在遠方大阪之處的比賽再次有所進展。

一輝確認自己體內不存在畏懼以後，馬上拉近距離，準備攻向諸星在方才的攻防中露出的「破綻」。

『但是諸星選手可不會讓他輕易得逞！他以〈三連星〉迎擊啦──！』

諸星馬上利用相對較長的攻擊範圍，進行牽制攻擊。不過──

（一！）

第一擊，一輝向右躲過朝向眉間的一刺。

（二！）

第二擊，刺穿心臟。一輝則是向左跳步，漂亮地閃過。

一呼一吸之間貫穿三點的絕技。

這一招的確非常驚人，但是這一招只是日夜累積鍛鍊的成果。

〈三連星〉和〈劍士殺手〉的〈神速反射〉完全不同，那可是經由特殊體質而來的超人技巧。

那麼，一輝要應對〈三連星〉，絕對是綽綽有餘。

（閃過兩次了，下一次就是最後一擊！諸星學長施放出第三擊之後，就要再次呼吸！）

在毫無呼吸的狀態下，三連擊應該就是極限了。

所以一輝把反擊的時機設定在最後的第三擊上。

躲開第三擊的同時，就要衝進刀劍的攻擊間距裡。

（只要在這個時候命中一擊，就能奪下開場的第一擊！雖然不能完全擊倒他——卻能奪下主導權！）

於是目標的第三擊，這次朝著一輝的大腿刺來。

對此，一輝立刻按照計畫展開反擊。

（三——就是現在！）

不論多麼快速，刺擊終究只是『點』的攻擊。

只要再次向左移動一步，就能一口氣踏進刀劍的間距。

（在擦身而過的同時砍向身軀——）

就在這個瞬間。

一輝一個側身逃離槍尖的路線，錯身而過的同時準備斬向諸星的軀體。

他的視野中，映著不可思議的景象。

他原本已經避開〈虎王〉了，此時槍尖卻彷彿追擊獵物的毒蛇一般急速**彎曲**，追擊向左逃離的一輝。

「嗚唔~~~~~!?!?!?」

槍尖緊追著逃離的目標。

一輝見到如此超越常理的畫面，他在吃驚之餘，反射性做出適當判斷。

他放棄前進，再次向左大步一跳，逃過長槍的攻擊距離。

但由於迴避得有些驚險……他並沒有完全避開。

『竟、竟竟竟竟然——！黑鐵選手華麗地躲過三連星！諸星選手則看似居於單方面的守勢！大家都看得出黑鐵選手居於優勢，但是卻在瞬間攻守逆轉！黑鐵選手的耳朵竟然裂開一半左右！〈七星劍王〉諸星雄大選手奪下開場首攻啦————!!!!』

〈七星劍王〉的開場首攻令會場頓時沸騰。

另一方面，一輝不顧滴下的斑斑血跡，渾身戰慄，顫抖不已。

（剛、剛才的刺擊是什麼……！以前的影片並沒有出現這種攻擊啊！）

一輝看諸星的比賽影片看到眼睛快廢了，拚命地研究。

但是〈虎王〉完全沒有出現像剛才的行動。

那是新招嗎？不、要是這樣也有點詭異。

（為什麼播報員沒有提到剛才的招數？）

該不會──

（他們看不見嗎？）

◆◇◆◇◆

觀眾們沒有看見剛才彎曲的一刺。

一輝的預測──非常正確。

「哎呦！太可惜了！明明看起來馬上就能攻進去了………！」

一輝的攻勢明明只差最後一步，卻沒有掌握好這個機會。有栖院不甘心地彎下脣。

太可惜了，只差一點而已。

從有栖院的視角來看，一輝只是沒有躲過〈三連星〉的最後一擊。

所以才會說出「可惜」兩個字。

要是他明白那一瞬間裡發生什麼事，就不會用這個詞了。

稍早的攻防，顯然就是諸星的陷阱。一輝以為諸星的攻擊模式只有「刺擊」，因此上鉤。

只要移動到側邊，逃離長槍的射線就安全了。剛才的諸星便是進行奇襲，摧毀上述的大前提。

有栖院以外的人們也同樣落入諸星的圈套中。不過——

「真的只是可惜而已嗎？」

珠雫就算看不見彎曲的刺擊，依舊心生疑問。

「珠雫，妳說的是什麼意思？」

「妳看看哥哥剛才的表情。」

一輝的動搖顯而易見，就算是遠遠眺望也看得出來。

「如果哥哥只是閃避不及，不太可能露出那麼露骨的警戒心。戰圈上肯定發生了什麼事，只是我們看不見罷了——而且那毫無疑問是諸星學長的目的。」

另一方面，也有人一開始就預測到這個發展。

那就是身在東京的〈雷切〉東堂刀華。

「他果然使出來了。」

她能預測到也是理所當然的。

因為——她自己在去年就踢到同樣的鐵板。

「不過我當時來不及迴避，側腹被狠狠刺了一槍呢。」

「那個，會長，剛才的刺擊是不是藏了什麼祕密？乍看之下，黑鐵同學好像純粹只是來不及閃過〈三連星〉罷了。」

「……我剛才也說過了，『刺擊』的弱點，就在於單點攻擊非常容易迴避。但是諸星同學的『刺擊』卻徹底顛覆了常識——彼方，他的刺擊啊，**會朝著敵方逃走的方向彎曲，並且追擊上去**。」

「會、會轉彎的刺擊嗎？」

「沒錯，諸星同學就是利用這個『追擊型刺擊』，化解了單點攻擊的缺點。」

「可、可是，會長，我完全看不出槍尖會彎曲呢。而且……諸星同學的能力和改變攻擊範圍完全沒關係。伐刀者的能力是一個人只能擁有一種。不然只能猜想諸星是不是和〈劍士殺手〉一樣，擁有能夠操縱靈裝形狀的伐刀絕技了。」

「沒辦法，妳也看不見長槍彎曲的狀況嘛。而且話又說回來，**長槍本身根本沒有彎曲**。所以就像彼方說的一樣，這不是伐刀絕技的效果。也就是說，這一招**和〈三連星〉一樣，屬於體術**。」

「？？？」

「總而言之，現在諸星已經取得開場首攻，他應該會趁機奪取主導權……對黑鐵同學來說，接下來才是關鍵。」

而比賽也如同刀華所言地進行。

『〈七星劍王〉現在忽然主動上前！他轉守為攻啦——！』

◆◇◆◇◆

（趁我還陷在混亂的時候進攻！他很懂得利用時機啊！）

諸星自比賽開始以來，主動上前進攻。一輝見狀，則是面露苦澀。

他肯定看穿自己的動搖了。

「咻咻！」

長槍俐落地刺出。槍尖的目標，是雙腳！

他打算奪走一輝的機動力。

（總而言之，暫時先不考慮進攻，先集中在迴避上！一邊閃躲一邊取回自己的節奏！）

一輝先是說服自己冷靜，並且後退半步，避開瞄準雙腳而來的槍尖。

刺擊宛如破風一般，猛烈襲來。

不可能中途停下。

等到長槍刺空，刺進石板地面，就有可能出現決定性的破綻——

正當一輝這麼思考的瞬間，狀況發生了。

槍尖原本朝著一輝的腳邊刺來，此時卻突然急速上升！

這次是襲向一輝的顏面。

（哇啊啊啊啊！）

一輝的頭部緊急一撇，避免槍尖直接命中，不過槍尖卻微微劃過臉頰。

（這不是錯覺……！雖然還搞不清楚原理，但諸星的刺擊的確會轉彎！）

堅硬筆直的槍身，彷彿黏土一般柔軟地彎曲。

不合常理的景象連續出現兩次，這已經不容置疑了。

而且這個狀況不只出現兩次。

之後諸星使出的刺擊——全都會轉彎。

向右向左，往上往下，變換自如！

而且所有攻擊都會朝著一輝躲避的方向追擊而去。

（沒天理啊！光靠側跳迴避，馬上就會被刺成肉串！）

只靠著驚險的迴避，根本無法完全躲過這一招。

一輝只能忘我地閃避，直到完全逃離長槍的攻擊範圍為止。

『黑鐵選手是怎麼了！方才那優美的迴避動作好像一場夢一樣，他現在一味地抱頭鼠竄哪！退後，再退後！他好像只能一心一意地四處逃跑而已啊！』

（我的確是一心一意地在四處逃跑啊！）

一輝聽見播報員辛辣的形容詞，只能苦笑連連。

但是逃跑和認輸是不同的。

逃跑是為了不輸給敵人。就算它看起來多麼狼狽——它的前方只有勝利一途。

而一輝並不是被嚇得四處逃竄。

他一邊逃跑，一邊觀察諸星，絞盡腦汁，一步步確實地解開諸星「追擊型刺擊」的祕密。

（從播報員的說詞來看，已經很明顯了。大家果然都看不見這個刺擊。）

如果播報員看得見這招追擊型的刺擊，是不可能做出這樣的轉播。

他不會嘲笑一輝抱頭鼠竄，而是稱讚諸星不可思議的槍術。

（那麼『追擊型刺擊』的原理果然就是——）

「怎麼啦！黑鐵！光是逃跑可贏不了我啊！」

鋼之閃光撕裂虛空，飛刺而來。

至今一輝面對逼近的白銀閃光，只能注目在槍尖上。

畢竟這槍可是會展現不可思議的行動，不論如何都會被引開注意力。

（但是，這是錯的。該注意的不是槍尖——而是諸星學長的手腕！）

這瞬間，一輝破解了諸星的追擊型刺擊。

他沒有錯過那個畫面。

諸星刺出長槍的瞬間，改變了手腕的力道以及手肘的角度，**在刺出長槍的同時改變了軌道**。

（果然……就是這麼回事啊！）

沒錯，長槍本身根本不可能彎曲。

都是因為長槍刺擊的變化過於俐落，才會誤以為槍身彎曲了。

在刺擊的同時轉彎，轉彎的同時貫穿敵人。

簡單說就是這麼一回事。

但是從旁觀看，看起來他只是短短一刺，卻在其中進行瞬間三連擊，外加上這個動作，這絕對不容易。

他的動作已經超越人類的反射速度。

光用頭腦想像，是練不成如此神技。

諸星——將之刻劃在自己的身體上。

在肌肉、在骨髓，以及血液之中——

靠著常人無法想像的龐大練習量，得來如此成果。

諸星的刺擊不需要大腦的指示，就能追殺敵人。

他那媲美魔法般的精湛體術。

這就是〈七星劍王〉諸星雄大的槍術——〈帚星〉。

（好厲害…………！）

超越人類極限的體術。他沒有〈劍士殺手〉那樣與生俱來的體能（Sense），單純靠著聚沙成塔的努力，最終達成了奇蹟。

一輝同樣身為習武之人，甚至對他肅然起敬。

單點攻擊的「刺擊」雖然容易迴避，但是他卻反而利用這個弱點，將弱點編織在戰略之中。這樣的戰鬥風格讓一輝為之感動。
能參加七星劍武祭真是太好了，竟然能和這麼厲害的騎士交手。
不過——
（光是交手，我可不會滿足！）
他已經了解到，〈帚星〉只是純粹到極致的體術。
那麼，自己就有方法進攻！
很簡單——敵人迴避之後不久，會處於無防備狀態，〈帚星〉的優勢就是趁機追擊。
那麼——
「只要不閃避就好！」
「——!?」
此時，一輝突然改變戰法。
他以〈陰鐵〉擊落瞄準喉嚨而來的〈帚星〉。從原本伴隨著迴避的退後，改為搭配防禦漸漸前進。
「唔!?」
諸星立刻以附加〈帚星〉的〈三連星〉應戰，但是只要一輝不閃避，這只是純粹的刺擊罷了。
他早就看穿諸星的手法了。

一輝將所有攻擊一一格擋、擊開，一點一滴縮減距離。

『竟然！黑鐵選手竟然在這裡改變戰術！他放棄迴避，改從中央強行突破！火花四散！鋼鐵閃光宛如彈雨一般落下，他卻能一一將之撥去，一步步確實地逼近敵人——!!!』

諸星面對一輝的變化球，第一次顯露出苦惱的神情。

普通的敵人就算知曉如何攻破〈帚星〉，也不可能四兩撥千斤地應對〈三連星〉的高速連擊，同時前進。

但是一輝卻辦得到。

他那宛如照妖鏡一般的觀察力，甚至能組成〈完全掌握(Perfect Vision)〉以及〈模仿劍術(Blade Steel)〉這樣的技術，自然早已看穿諸星雄大的槍術，把握他的習慣與傾向到某種程度。

諸星太過專注於追擊逃跑的一輝，**徹底暴露**了自己的技巧。

「哈啊！」

『諸星選手依舊拚命使出高速的槍術！但是黑鐵選手完全沒有停下！如暴雨般落下的槍幕漸漸被撥開！』

『〈七星劍王〉這下也陷入苦戰了。長槍的優點在於他寬廣的攻擊距離，要是讓敵人進到腹懷之間，長槍的戰鬥能力便會縮減一半！諸星選手不論如何都得將敵人逼退回去才行！』

但是他的槍招已經被搶先看穿，不論他的攻擊再多再猛，也阻止不了一輝前進。

早晚會讓一輝進到刀劍的距離之中。
而像一輝這般強悍的劍士，一旦取得地利，就不可能失手。
等到一輝直取諸星懷中，立刻就能分出勝負！
於是——一輝終於攻進那個位置，只差一步就能抵達刀劍的間距！
「該死的——！」
諸星進行最後的抵抗，使出〈三連星〉試圖阻擋一輝。
但是依舊無效，一輝早已竊取了他的槍術。
一輝瞬間就能藉由手肘的角度，視線的位置，看穿〈三連星〉的軌道。
他輕易彈開第一、第二擊，並且配合第三擊的拉起，踏進間距之中！
『黑鐵選手終於讓諸星選手置身於刀劍的間距之中啦——！』
『阿星——！快逃啊——！』
眼看〈七星劍王〉已被逼進死角，觀眾席紛紛發出哀號。
不過諸星的〈三連星〉，還剩下最後一擊。
〈三連星〉和〈彗星〉一樣，都是經過龐大的練習量，反覆將其步驟刻印在肉體之中。這極速一擊，甚至容不得諸星思考。
就算要他逃跑，他也逃不掉。
身體會繼續運作，將最後一擊直指一輝胸前！
但是一輝早已洞悉諸星槍術所有的習慣、軌道、角度。

他是絕對不會失手！

（只要撥落這最後的〈三連星〉，就能進到劍的攻擊距離之中！只要一口氣進攻——）

但是，就在這個瞬間——

（不、等等——！這擊不能硬接————!!）

電光竄過一輝的脊髓——緊接著，戰圈上發生了不可置信的狀況。

一輝明明已經將諸星逼進最後的死角，此時〈虎王〉卻刺穿他的肩膀，直接將他擊飛至刀劍距離之外。

◆◇◆◇◆

『喔喔喔喔!?這、這究竟是怎麼了！明明黑鐵選手已經明顯占盡優勢，卻在此時忽然中槍！他的肩膀慘遭貫穿，一口氣被擊飛，遠遠飛離了刀劍的距離之外！』

「騙人！哥哥怎麼可能會在那個狀況下失手！」

珠雫見到這意料之外的展開，不禁神情狼狽了起來。

而身旁的有栖院更是見到了難以置信的畫面，臉色頓時發青。

「珠雫！快看一輝的〈陰鐵〉！」

他哀號似地高喊道，要珠雫也看看自己眼前那不可思議的畫面。那就是——

「不、不會吧……！」

『這是！這是怎麼一回事！黑鐵選手的靈裝〈陰鐵〉竟然缺了角！彷彿被大型猛獸狠狠咬下似的——！』

沒錯，一輝的靈魂結晶，靈裝〈陰鐵〉的刀刃，竟然被挖下一大塊。

『這究竟是怎麼一回事啊！靈裝若不是受到龐大的衝擊，不要說是折斷，連彎都不會彎曲一下的……！』

播報員困惑地解說著。

但這也是當然的。伐刀者的靈裝可是超高密度的魔力結晶。飯田雖然長年播報魔法騎士的戰況，但是他見到靈裝損傷、缺角的次數，一隻手的手指就數得出來。

不過負責解說的牟呂渡卻興奮地這麼對飯田說道：

『不，這也是存在例外的！』

『您是說例外嗎？』

『沒錯——請看看〈七星劍王〉手中的〈虎王〉！』

隨著牟呂渡的發言，會場中的視線聚集在諸星身上。

於是，所有人都發現了。

諸星的長槍上頭，不知何時纏繞上金黃色的光芒。

『這、這是，〈七星劍王〉不知何時發動了〈虎噬〉！』

那就是昨晚甚至能消除〈烈風劍帝〉的伐刀絕技〈斷月天龍爪〉，〈七星劍王〉諸星雄大引以為傲，號稱對伐刀者戰鬥最強的能力——〈虎噬〉。

『但、但是諸星選手為何在這個時機發動〈虎噬〉……!?黑鐵選手並沒有使用任何伐刀絕技啊……』

飯田說到這裡，猛然驚覺了一個真相，神情頓時因驚愕而扭曲。

『該、該不會是…………！』

『看來你也察覺了。沒錯，**能夠消除伐刀絕技，就代表他能消除存在魔法中的魔力**。而——伐刀者並不只在伐刀絕技使用魔力。伐刀者的武器——固有靈裝正是魔力構成的！

看來諸星選手成為〈七星劍王〉的這一年中，習得了相當恐怖的能力呢。去年的時候，他的〈虎噬〉頂多能消滅伐刀者以部分魔力使出的伐刀絕技。但是今年的〈虎噬〉……甚至能將超高密度的魔力結晶，也就是靈裝本身咬個粉碎啊！』

如此事態發展，就連遠在東京觀戰的刀華也為之屏息。

「竟然、會是……！」

「會長……這樣一來，黑鐵同學可就陷入相當艱難的苦戰了啊。」

「……不只是艱難而已啊。」

的確，「艱難」已經不足以形容這個狀況。

固有靈裝是伐刀者的靈魂本身。

要是靈裝折斷、破碎，劇烈的精神損傷輕易就能阻斷伐刀者的意識。

既然〈虎噬〉的力量足以破壞固有靈裝——

換句話說，每每與諸星刀劍相交，就等於將心臟送出去，要他殺了自己一樣。

雖然這次靈裝不至於整個粉碎，不過這種幸運不會再有第二次了。一輝已經不能再以〈陰鐵〉承接諸星的〈虎王〉。

同時這也代表——一輝喪失了〈帚星〉的破解方法。

（毫無可乘之機啊……！）

刀華，與刀華一同看著電視的彼方，以及一輝所處會場的夥伴們。所有人見識到〈虎噬〉的恐怖之處，渾身戰慄。

但是……**身處戰圈上的一輝並非如此**。

比起能力本身——眼前這個名為諸星雄大的人更令他感到戰慄。

（他竟然是如此可怕……！）

〈虎噬〉這個能力確實相當強大。

甚至只靠著這個能力，就能稱霸七星劍武祭。

但是與一輝對峙的這名騎士卻沒有這麼做。

他沒有沉溺於這般壓倒性的力量，而以周全的策略一步一步捕捉一輝。

沒錯，打從最開始的〈三連星〉算起，一切都是諸星的伏筆。

首先以〈三連星〉誘使一輝進入間距之中，然後以刺擊的弱點做為誘餌，使出〈帚星〉反擊。

一輝當然會以為自己上當了。

〈三連星〉只是刻意暴露破綻，等到一輝掉進陷阱以後，再以真正的殺招〈帚星〉進攻。

不過一輝也是足以出賽七星劍武祭的強者。

他應該馬上就會看穿〈帚星〉，知道這招體術不需要迴避，直接格擋即可。

實際上，一輝也看穿了，並且順利進攻腹懷。

——但是這一切的戲碼，都如同照著諸星的劇本所寫。

〈帚星〉根本不是做為決勝殺招。這招一開始就不是拿來進行最後一擊，而是誘餌。為了誘導一輝以〈陰鐵〉直接格擋〈虎王〉。

為了讓〈虎噬〉吞噬伐刀者的致命弱點——固有靈裝！

（他擁有這樣的力量，攻擊方式原本應該會更加粗糙才是……）

但是他卻細心地思索戰略，從敵人的意識死角刺出一擊。

「既然能消滅伐刀絕技，或許也能消滅固有靈裝。」一輝若不是在那瞬間起了這樣的遲疑，稍稍放慢出招速度，恐怕〈陰鐵〉已經慘遭咬碎，就此敗北。

「真可惜啊。我差點就能徹底吞下那把鈍刀了。」

「唔……………！」

諸星站在一輝面前，稍早的慌張姿態早已消失無蹤。他露出無畏的笑容，悠然地俯視肩膀淌血的一輝。

事已至此，一輝能夠肯定。

現在與他對決的，這名叫做諸星雄大的男人。

雖然外表與語氣都相當豪邁，給人豪爽的印象——

實際上卻難纏（Clever）到令人渾身發毛。

諸星的舉手投足之間，布滿了戰略的絲線，以便捕獲一輝。

不論一輝怎麼瞄準他的破綻，他總是能隨心所欲，著著進逼。

他的戰術其廣無比，能夠靈活地臨機應變。

（他還真是深謀遠慮……）

他與諸星之間的距離只有區區五公尺。但是對現在的一輝來說，卻有如遙遠的彼方，模糊不清。

（這就是〈七星劍王〉，日本第一的間距……！）

◆◇◆◇◆

「這下戰況看起來相當嚴苛啊。」

兩人再次拉開距離，陷入膠著。有栖院注視著戰局，低聲說道。

既然諸星開始使用〈虎噬〉，一輝就不能直接揮落長槍前進。

也就是說——一輝已經失去破解〈帚星〉的方法了。

有栖院等人即使不知道〈帚星〉的存在，看著一輝數次在迴避上疲於奔命，也都察覺刺擊上頭隱藏某種祕密。

因此珠雫聽見有栖院的低語，更是滿臉苦澀地點了點頭。

一輝已經有兩次將諸星逼進死角——卻在得手的前一刻遭到逆轉。

一輝明顯身為進攻的一方，諸星至今不見一絲擦傷。

從一旁看來，明顯就可看出是哪一方主導戰局。

「哥哥竟然會被人玩弄於股掌之間。」

但是就在此時——

「這可就難說了。」

有人從旁反駁了珠雫的喪氣話。

聲音的主人——是一名身穿西裝，身材修長的女性。

她就是破軍學園理事長——新宮寺黑乃。

「理事長……」

黑乃走近珠雫等人身旁，吸吐香菸之餘，指正了珠雫的誤解。

「從一旁看來，一輝的確是被玩弄於股掌之間。而事實上至今為止，比賽的主導權都是掌握在諸星手中……不過比賽並不如那個男人想得那麼順利。他現在看似一派輕鬆，內心應該不太穩定吧。」

「您的意思是？」

「諸星布下天羅地網，最後打算以那招〈虎噬〉決勝負。但是你們看結果如何？比賽仍舊進行著。黑鐵在最後一刻，終於發覺諸星的目標其實是〈陰鐵〉，**便以自己的身體為盾，護住了〈陰鐵〉**。」

黑乃這麼解釋道。這對諸星來說，肯定是後悔莫及。

因為這招奇襲不可能再用第二次了。

一輝不會再以〈陰鐵〉直接接下〈虎王〉。

「換句話說，諸星自比賽開始後，層層布下的謀略，在一輝的靈機一動之下，徹底毀於一旦。」

那麼這場比賽，諸星使出的招數——不，他暴露越多底牌，就對他越不利。

「而且，擅長出其不意的人不只有諸星一個人呢。」

身在戰圈中的一輝自然是聽不見黑乃這句話。

但巧合的是，一輝和黑乃有著同樣的想法。

「真不愧是〈七星劍王〉啊，諸星學長。我從剛剛開始就吃驚連連呢。」

「你可不會說我卑鄙吧。請君入甕可是兵法的老招了。」

「我當然不會。倒不如說……我也很喜歡這一招呢。」

一輝與諸星交談的同時，緩緩抬起頭。

此時的一輝浮現了淘氣的笑容，彷彿喜愛惡作劇的小鬼頭似的。

「所以——這次輪到我來**嚇嚇**諸星學長了。」

沒錯，一輝同樣擅長欺敵戰術，或是以體術布下戰略。

所以他可沒打算在欺敵上面輸給對方。

他非得要狠狠嚇他一次才肯罷休。

而一輝已經想到手法了。

能使諸星措手不及，終結這場比賽的決勝手段。一輝已經構思好虛招的步驟了。

◆◇◆◇◆

『哎呀！黑鐵選手竟然在這個時候出言挑釁！這名挑戰者明明兩次失手於七星之巔的天高地遠，他依舊不屈膝！毫不退縮！』

『黑鐵，好啊！不要輸在氣勢上！』

『一輝！加油——！』

比賽雖然漸漸一面倒，一輝的鬥志依舊旺盛。觀眾們見狀，紛紛起聲歡呼。

諸星無視於耳邊的歡呼，面對眼前這個男人的話語，他細細思索話中的深意。

（虛張聲勢……感覺他不會這麼做啊。）

但是——他實在難以想像。

一輝已經沒辦法以劍撥開〈帚星〉。

〈虎王〉已經發動〈虎噬〉，這麼做等同於自殺行為，根本是主動投降。

而且就算一輝使用〈一刀修羅〉，下場也是相同。

〈虎王〉的〈虎噬〉可是個大胃王，連〈斷月天龍爪〉都能輕易吞噬。

一輝這種程度的魔力，在〈虎噬〉面前等同於小菜一碟。

〈一刀修羅〉有時間限制，面對能消除魔力的諸星，絕對不能輕易使用。

那麼，一輝的自信究竟是從何而來？

諸星無法想像。

但是，正因為無法想像——

（……這才有趣啊。）

諸星的脣邊因喜悅而扭曲。

「我等著看你怎麼嚇我啊。」

難得有人能讓他見識自己想像不到的法子。

那麼——不仔細看看可就虧大了。

諸星放鬆肩膀，將槍尖瞄準一輝，以便應對一輝的所有行動。

「話雖然這麼說，不過你要是讓我覺得無聊，我可饒不了你。大阪人最討厭無聊的玩笑了。」

「那你也要看完才知道呢。」

一輝說完，腰間深深蹲低，雙腳使力──

「那麼……我要上了！」

接著彷彿要踏碎戰圈的石板，使勁衝向諸星。

『黑鐵選手再次行動了！好、好快！他的速度自比賽開始以來，沒有絲毫衰減！七星高聳的頂端已經逼退他兩次了！他依舊語帶挑釁，挑戰第三次！第三次真的會成功嗎!?』

飯田隱含期待地高聲播報著。

觀眾們也滿懷期待，想知道一輝的挑釁究竟是什麼意思。不過──

『不，雖然他的速度是很快，但是這……！』

牟呂渡身為職業魔法騎士，也不得不心生疑問。

一輝的動作和方才完全一樣，只是彷彿山豬一般，筆直突擊而去。

諸星當然也起了同樣的不滿。

（他竟然還學不會教訓，就這樣直接衝過來……!?）

而且一輝沒有發動〈一刀修羅〉。

他明明已經親身體驗過了，只靠肉身是不可能破解〈帚星〉的。

但是他竟然使出第三次同樣的突擊，看來是耍不出什麼花樣了。

「黑鐵，我說過了。你要是讓我覺得無聊，我可饒不了你啊——！」

諸星當然會以那一招迎擊。

他展現了讓一輝吃盡苦頭的追擊型刺擊——〈彗星〉。並且——

「咬碎一切吧——！〈虎噬〉——！！」

他在上頭施以破壞魔力的能力，將〈彗星〉化作無法迴避、無法防禦的一擊。

一輝面對逼近的槍尖，試著右跳迴避，但他這般的行動，諸星早已見過無數次。

〈彗星〉沒有錯失他的行動，軌道變換至諸星左側。

追著逃向一旁的一輝，將要確實貫穿他的喉嚨。

但是就在這剎那——掉入陷阱的一輝宛如幻影一般，消失無蹤。

（嗄!?）

應該身受致命傷的敵人突然消失。

諸星看著眼前莫名其妙的狀況，頓時語塞——同時他也發現了。

一輝的身影繞過向左刺去的自己，出現在右側，同時踏入刀劍的間距之中。

（什、什麼——!?）

「諸星選手在此犯下了致命的失誤！他的刺擊竟然落空了！這個失誤太嚴重啦！

嚴重到不能再嚴重啦——！」

不，這並非諸星的失誤，而是一輝的絕佳策略。

發現這點的是珠雫等人，他們曾經看過這一招。

「珠雫，剛才那是——」

「嗯！沒有錯。那是在綾辻學姊的比賽中使用過的〈蜃氣狼〉！」

沒錯，那是一輝擁有的七項獨創劍術之一，第四祕劍——〈蜃氣狼〉。

以緩急並重的特殊步伐，在前方製作出自己的幻影，誘使敵人揮空。

一輝這次的〈蜃氣狼〉不是用以「前後」，而是「左右」，徹底騙過〈七星劍王〉。

（可惡！上了殘影的當了！）

諸星也是一流的學生騎士。他馬上就分析出敵人在自己身上使出的技術，並且施以最佳的反擊。

他沒時間拉回槍頭，那麼就以槍頭的另一側，以槍尾給予敵人重擊。

如此反擊的確是最佳選擇……但遺憾的是，**已經來不及了**。

諸星自己也明白。

〈帚星〉會追擊敵人。而一輝的戰略正是以這點做為前提讓諸星措手不及，一輝也同時進到刀劍的間距之中。

這一點相當致命，即使給予最適當的反擊，也無法亡羊補牢。

毫無疑問會是一輝的斬擊更快到來。諸星更是無法閃避。

這個瞬間，諸星確實為自己的敗北做好覺悟了。

正因為如此——

下一秒，諸星感受到**槍尾重擊一輝臉頰**，**將他擊飛**的手感，**頓時愕然**。

『哎呀——！諸星選手這招高明！當他發現攻擊落空後，馬上以槍尾反向突擊！種種將繞到左側的黑鐵選手彈飛出間距之外啦！黑鐵選手還是沒辦法攻進刀劍的間距裡！這就是〈七星劍王〉令人敬畏的銅牆鐵壁啊啊啊啊!!!!』

諸星第三次擊退一輝的攻擊，如雨般的喝采紛紛落在諸星身上。

但是諸星卻對此充耳不聞。

（不對……剛才那記攻擊並不是我比較高明！）

諸星很清楚，在那個瞬間，不論自己再怎麼掙扎——

自己的反擊，**絕對不可能搶先抵達**。

要不是一輝的身體在那決勝關鍵的極限時刻之中，產生了致命的錯誤——

（該不會——）

困惑撥亂了諸星的內心。

他回想起的——當然是昨晚發生的一切。

一輝面對王馬，竟然像是嚇傻般地停滯不動。

（黑鐵……！你果然有哪邊不對勁啊！）

而諸星的推測……很不幸地猜中了。

◆◇◆◇◆

槍尾重擊了頭蓋骨，狠狠動搖了一輝的意識。

頭蓋骨中的腦漿激烈跳動，視線糊成一團。

但是——現在的一輝沒有空閒去在意這些。

（又來、了……！）

昨晚與王馬的戰鬥中發現的神祕症狀，至今都潛藏在一輝體內。

在那勝負的一瞬間，一輝的集中力提高至極限，即將擊倒諸星。就在那瞬間，身體忽然再次不聽使喚，停滯不動。

（可惡！我的身體、到底是怎麼了……）

『你與世界最強的劍士交手之後，該不會還以為自己能一如往常？就算身體平安無事，心中一定殘留了什麼。』

（我的身體真的有某處崩潰了嗎……！）

一輝對於愛德懷斯的恐懼，真的在不知不覺間成了自己的致命傷了？

無法自我察覺的神祕症狀，以及其可能造成最糟糕的情況。以上種種掠過一輝的腦中，背上頓時冷汗淋漓。

而一輝的異狀也傳達給他的同伴們。

「怎麼回事？剛剛的確是給予最後一擊的好時機，一輝的動作卻突然看起來頓了一下。」

「事實上，他確實頓了一下。諸星的反擊確實很迅速，所以很難看出來。但是一輝的確明顯失速了。」

霧子同意了有栖院的說法。

「哥、哥哥果然還是太緊張……」

對此，霧子則是搖了搖頭。

「不，這不太可能。他真的緊張的話，身體應該會更早出現僵硬，而且像你的哥哥這樣的騎士，並不會因為區區緊張就變得遲鈍。就算身體有異，也會採取適當的移動方式……但是，正因為如此，才顯得嚴重啊。」

「嚴、嚴重!?是什麼意思?哥哥的身體果然出了什麼狀況嗎!?」

「至少他的確是沒有外傷。我親自做的診斷不可能出錯。他的體能相當正常，在這場比賽中受到的損傷……也還不算嚴重。所以有問題的應該是心靈方面……精神疾病並非我的專門，所以我沒辦法解釋得太清楚。以格鬥維生的職業選手可能會罹患的精神疾病當中，有一種名為『拳眼』的疾病。這種疾病的病人對敵人的攻擊產生極端的恐懼心，身體會因此僵直，無法動彈。選手一旦抱持著恐懼，症狀嚴重者會導致選手生涯就此斷絕。」

「您是說，哥哥患上那種病嗎!?」

兄長身上發生了某種非比尋常的徵兆。

珠雫似乎也隱約感受到了。

她發出悲鳴似的高聲逼問霧子。

「冷靜點。我剛才也提過了，我並非這方面的專門醫師。所以我只能說有這個可能性……不過，聽說他曾經和世界最強的劍士——〈比翼〉愛德懷斯交手，並且敗在她的手下，是嗎？」

「…………！」

霧子這麼一說，珠雫的表情馬上失去了血色。

珠雫明白她的言下之意。

一輝確實很強悍。但是他還沒能力與真正的世界最強互相抗衡。

他光是能四肢完好地回來，就稱得上是異常了。那麼——

「他受傷的地方或許是在看不見的地方（心靈），一點也不稀奇。」

「怎、怎麼會……！」

「情況或許就如同霧子學姊所說……而且，就算不是患上『拳眼』，一般來說，也不可能在那個時機變得遲鈍。從一輝的表情就看得出來。」

就算是遠遠眺望，一輝的表情也出現明顯的動搖。

有栖院也看得出他正努力克制內心的動搖，因此狀況更加驚險。

因為他的動搖甚至到了無法控制的地步。

不過──

「…………」

新宮寺黑乃站在離三人稍遠的地方。她對這個異常狀況卻抱持不同的意見。

（這個狀況，並非『拳眼』那樣的心靈外傷（PTSD）。）

連一輝自己都無法察覺的異狀，她一眼就看穿了原因。

不……倒不如說──

她一開始就多少能預測到這個情況。

從她知曉一輝與愛德華斯之戰的始末，她就猜想，可能會發生這種事。

所以她很清楚。

「拳眼」這種疾病的確足以影響一輝的選手生命，但是他的狀況卻是例外。

不過──

（他依舊是因此導致動作遲鈍。而且諸星也明白他的狀況……這樣一來，現在這個狀況相當糟糕啊。）

◆◇◆◇◆

戰圈之上，諸星見到一輝的表情，他能夠肯定。

（……他雖然拚命想保持冷靜，但是**表情和昨晚一模一樣啊**。）

他那副困惑的表情，表示他自己也沒辦法理解身上發生什麼事。

肯定是昨晚的狀況再次發生了。

諸星明白這個事實，內心淡淡嘆了口氣。

他要勝過最佳狀態的〈無冕劍王〉，這樣才能讓小梅明白自己的強悍。

（但是——現在我們都已經站在戰圈上了。）

在戰圈上看穿敵人的弱點，卻不主動出擊，這是褻瀆了比賽。

諸星雖然覺得可惜，但是他不會手下留情。

（別怪我啊！這是你自己暴露出來的致命破綻，我就不客氣地進攻了！）

諸星毫不遲疑，為了奪取唯一的勝利，主動進攻。

『重擊使得黑鐵選手搖搖欲墜，此時諸星選手主動出擊啦——！這、這下狀況危急了！〈無冕劍王〉，你能躲過這一擊嗎——!?』

破軍學園壁報

角色介紹精選　文編・日下部加加美

KIRIKO YAKUSI

藥師霧子

■PROFILE

隸屬：廉貞學園三年級

伐刀者等級：B

伐刀絕技：局部麻醉（Roll Down）

稱號：白衣騎士

人物簡介：日本最高明的醫生

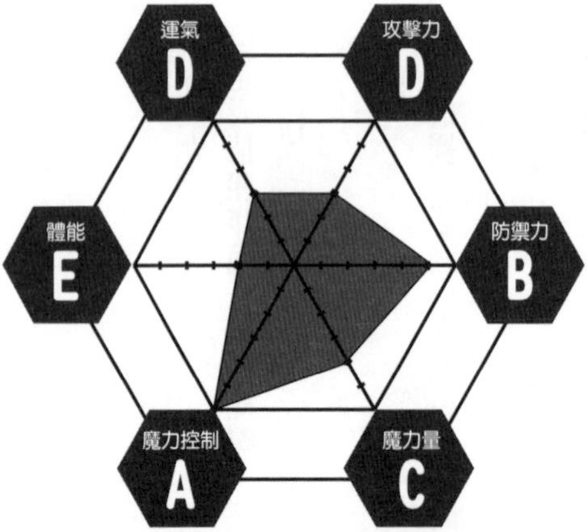

加加美鑑定！

她和珠雫同樣都是水術士。不過，珠雫是將**水本身做為武器**使用，她卻是**透過水干涉人體本身**來戰鬥，戰法相當狡猾呢。

她身為醫生相當能幹，身為騎士也非常強悍。不過本人似乎認為自己並非「騎士」，而是「醫生」，因此至今不曾參賽七星劍武祭。不過聽說今年廉貞的老師們哭著求她「至少最後一年參加一下吧！」她拗不過老師們，才心不甘情不願地參加比賽呢。

第四章
決戰・〈無冕劍王〉VS〈七星劍王〉

『藉由槍尾一擊造成無法挽回的情勢，比賽開始一面倒了。黑鐵選手的行動明顯越來越遲鈍！他漸漸躲不過諸星選手的刺擊了！戰圈上，黑鐵選手所到之處皆是開滿血花，狀況悽慘至極！裁判搞不好會強制終止比賽也說不定!?』

戰鬥中的灣岸巨蛋外。

平時小貓都不見一隻的鬼城，現在卻塞滿無法進場的觀眾，各自拿著自己的隨身裝置觀看七星劍武祭的轉播。

其中一人忽然低聲說道：

「這一場差不多勝負已定了吧……」

即使是外行人，也能看出〈落第騎士〉明顯處於劣勢。

周遭的人們紛紛同意他的意見。

「是啊，〈落第騎士〉一開始的動作雖然俐落，但是現在卻完全失速，感覺他光是逃跑就費盡全力似的。」

「諸星果然很強啊……」

「哈哈，那是當然的。諸星可是〈七星劍王〉啊！怎麼可能輸給F級這種貨色！」

但是，其中——

「不對，一輝一定會贏。」

只有一個人的意見，與在場所有人相反。

「咦？」

所有人都回頭看向傳來女性嗓音的地方。

但是那裡已經沒有任何人了。

仔細一看——卻能看到烈焰般的紅髮飛舞在空中，那道身影最後消失在巨蛋之中。

「咦……剛才那個人…………該不會是！」

◆◇◆◇◆

同一時間，破軍學園病房——

『哎呀！刺擊終於正面刺中了黑鐵選手了！而且是刺中大腿——！』

『這下糟糕了呢。〈落第騎士〉的速度恐怕會越來越慢。裁判應該趕快宣告終止比較好吧。』

電視的畫面，正是一輝逐漸被逼入死角。

「好奇怪……」

〈雷切〉東堂刀華忽然低聲質疑著。

「是啊。為什麼黑鐵同學的動作會變得越來越糟糕呢？」

「……不，雖然我也很在意這點，不過諸星同學更奇怪。」

「咦？妳的意思是？」

刀華回答彼方的回問：

「……就我數得到的已經有三次。明明諸星同學有三次機會能確實解決掉黑鐵同學，他卻遲遲沒有做出最後一擊。」

這光景實在太不自然了。

「他不會是在玩弄黑鐵同學吧？」

「諸星同學不會做這種事，所以我才覺得不可思議啊。」

刀華淡淡瞥過畫面上，看著諸星的表情，這麼想著。

他看起來好像在害怕什麼……

（諸星同學究竟看到了什麼？）

而畫面彷彿在證實刀華的疑問，出現了大動作。

四處逃跑的一輝忽然跌倒了。

◆◇◆◇◆

「啊、呃！」

『嗚哇——！黑鐵選手四處逃離諸星選手的攻擊，此時竟然踩到自己的血泊滑倒了！這對諸星選手來說是個大好機會！勝負會就此定案嗎!?』

一輝一臉「糟了」的表情，馬上想爬起身。

此舉卻是徒然。

實力高強的騎士對決當中，犯下這等失誤，幾乎是無法挽回。

勝負已定。本來應是如此，但是——

『哎呀？諸星選手竟然沒有主動進攻！是因為他不想追擊已經倒下的敵人嗎!?』

眾人似乎將他的行為當作是〈七星劍王〉應有的運動家精神。觀眾席頓時像是炸開了鍋似的。

『阿星，很好！這才是日本最強的武士！』

『可是差不多該給他個痛快了！光看就覺得很痛苦啊！』

『諸星上啊～～～～！』

諸星的啦啦隊們情緒高昂，但是相反的，諸星本人卻滿頭冷汗。

（——算上剛剛這次，已經是第五次了。）

諸星至少有五次抓到能確實擊敗一輝的機會，他卻眼睜睜地錯失了機會。

到底是為什麼——事實上，就連諸星自己都不知道答案。

他只是——

（這個感覺、究竟是……太奇怪了…………）

他越是進攻，越是逼進，眼前這名半死不活的騎士傳來的「壓迫感」就越發強烈。

因為這股「壓迫感」，讓諸星猶豫不決，遲遲不敢進攻。

這簡直、就像是——

只要他再向前一步，就會踩到某種比老虎更恐怖的怪物一樣。

他有這種預感——

「…………！」

但是他也不可能一直逃避下去。

（我這個膽小鬼……！快看那傢伙的眼睛！）

〈落第騎士〉黑鐵一輝即使身負神祕病徵，渾身染血，雙眼中的鬥志光芒沒有絲毫減退。

他還沒有放棄。

反倒是自己——處在優勢的自己怎麼能放棄戰鬥!?

(怎麼能讓小梅見到這樣的自己!?)

不要說是身為〈七星劍王〉，就算是身為大哥都不能允許這種事。

諸星的自傲與榮耀推動了自己。

諸星深深地蹲低腰間，自比賽開始以來，他從未擺出如此姿態。於是——

「我要上了————!黑鐵————!!!!」

伴隨著高昂氣魄的一吼，諸星為了結束這場戰鬥，襲向了一輝。

◆◇◆◇◆

諸星以至今最快的速度衝刺，同時使出〈三連星〉。

必殺的軌道，瞄準了眉間、喉嚨與腹腔。

諸星毫無疑問是打算以這一招決勝負。

無法隨心所欲的身體，加上大腿的傷口。

一輝能夠肯定，自己不可能閃過這次〈三連星〉。

(…………)

苦澀的心情使他咬緊了牙根。

『明天我會毫無保留地恩將仇報。』

自己明明和諸星這麼約好了，卻做不到。

他是這麼希望自己能夠全力以赴。面對如此清高的對手，自己卻無以回報。一輝打從心底感到遺憾。

正因為如此，他在心底發誓，直到最後都不會放棄比賽。

這是自己最後能盡的禮儀。

（所以我不能在這個場面使用〈一刀修羅〉。）

身負這般神祕的異狀，使出只有一分鐘的必殺技，等同是自暴自棄。根本是自己摘去勝利的綠芽，絕對不行。

自己不能放棄取勝，要奮戰到意識中斷的最後一刻。

即使這樣的自己看起來多麼狼狽。

一輝心意已決，舉起刀尖，準備迎擊諸星。

他撐起遍體鱗傷的身軀，舉刀面對即將逼近的必敗。

就在這剎那之間，一輝的腦中浮現了一道記憶。

（話說回來……當時也是這種感覺。）

那是在曉學園的校園中，他與愛德懷斯進行死鬥的記憶。

當時的他被奪走視野，拚上性命，甚至無暇思考，所以他沒辦法順利回想起那段戰鬥的記憶。

自己悽慘的模樣和那時的自己有所連結，這段記憶在意識朦朧之間，忽然漸漸鮮明起來。

（那時候我到底做了什麼？）

他一開始思索，忽然異常順利地找到了那段記憶。

一輝面對襲來的世界最強——

（對了，我那時候竊取了愛德懷斯的劍術，並且嘗試使用。）

愛德懷斯的劍，快得連劍身的殘像都無法捕捉。但是一輝卻勉強從她的身體動作，看穿了劍招。

一輝記得很清楚。

她的劍帶著壓倒性的速度，肉眼甚至無法捕捉。其中的祕密在於**她本身沒有進行加速**。

一般來說，僅僅揮動刀劍，其初速也是緩慢的。

若要讓劍尖達到最高速，仍然需要某種程度的加速。

但是愛德懷斯的所有動作之中……完全沒有進行任何加速。

從她踏出腳步，抬起腳踝的瞬間，就已經達到最高速，揮動的劍在初速的階段就已經是最高速度。

從零到一百之間，極端的停滯與發動。

但劍招本身卻非常的強大。

急遽的緩急變化，使得劍招速度看起來快上數倍。

既然不存在緩慢移動的「初速」，要使雙眼聚焦在刀劍上，是極為困難的事。

——一輝在那場戰鬥中，已經看穿到如此地步。

因此，一輝在最後的那個瞬間，以〈模仿劍術〉嘗試再現。

他不確定自己能不能順利模仿。

單純是因為，這個劍招已經是自己所知範疇中最強的劍術，所以他應該試著施展看看。

那麼，現在自己應該做的事也是一樣。

就算自己現在的狀態沒辦法重現劍招。

但是這招劍術依舊是自己所知範疇中最強的劍術。

那麼至少——

一輝這麼心想，於是開始回想與愛德懷斯交手的觸感，對不聽使喚的身體下達指示。

世界最強的劍術。它的做法確實是——確實是——

「這個樣子。」

轉瞬之間。

身體彷彿輕如羽毛。

宛如疾風一般，快速穿梭在〈三連星〉的隙縫之間。

在錯身之際，深深砍向諸星的側腹。

——身體至今的異狀彷彿一場夢，他的速度甚至直逼〈一刀修羅〉。

兩人的交錯彷彿只有閃爍而過的一瞬間。

諸星甚至發不出慘叫，血花四散，同時猛地倒落在地面。

「咦…………」

一輝花了不短的時間，才明白這一切全是出自自己之手。

『『『什、什麼——————!?!?!?』』』

過於突然的大逆轉，使得慘叫包圍了會場。

◆◇◆◇◆

『什、什什什麼、到底發生了什麼事!?正當我們以為諸星選手要決出勝負的那瞬間，反倒是諸星選手慘遭擊倒——！他是在與黑鐵選手擦身之際受到攻擊了嗎？可、可是……說來慚愧，他的速度實在太快了，我根本看不清到底發生什麼事了啊!!!!』

飯田嘶吼般地大喊著。

沒錯，他們明明身在播報席，從遠距離觀察著，他們也看不見一輝方才的動作。

一輝的身影只是突然間消失在視野上，等到眾人反應過來的時候，他已經在擦身而過的瞬間斬倒了諸星。

『究竟是發生什麼事了呢？黑鐵選手剛才的動作，和他目前為止的行動完全不一樣！』

飯田吃驚地瞪大了雙眼，難以置信。

但是身旁的魔法騎士，牟呂渡的訝異更是比他有過之而無不及。

『怎、怎麼可能！那個樣子分明是、不、可是……那個只可能是……！』

他知道。

一輝方才使用的劍術、步伐，**原本是屬於誰的**。

飯田察覺到他的異狀，猛使勁地逼問他。

『牟呂渡教練，您知道什麼嘛⁉該不會，這就是〈落第騎士〉傳說中的〈一刀修羅〉嗎⁉』

『不、不是，那不是〈一刀修羅〉，因為黑鐵選手的魔力沒有絲毫變化。這…………只是純粹的劍術罷了！而且，雖然二刀流和一刀流有些許差距，但是連我的動態視力都追不上的瞬間加速，肉眼無法捕捉的銳利斬擊，我以前曾經看過一次……』

『那是在哪呢？該、該不會是在A級聯盟裡吧!?』

牟呂渡搖搖頭。

『**在那種地方**根本見不到。因為……這個劍術的主人太過強悍，所有國家都放棄逮捕她了。她就是史上最凶狠的犯罪者，世界最強的劍士——

〈比翼〉愛德懷斯……！』

牟呂渡的話語，使得灣岸巨蛋陷入今日最為混亂的尖叫之中。

『他、他說什麼——!?』

『他說的〈比翼〉、是那個〈比翼〉嗎!?為什麼〈落第騎士〉會使用〈比翼〉的劍術？』

『不，我曾經聽說過，〈落第騎士〉會竊取敵人的劍術！』

類似哀號的驚訝聲響此起彼落。

一輝的夥伴們這次也和他們一樣，啞口無言。

他們雖然了解黑鐵一輝，知道這個男人總是能讓眾人跌破眼鏡。但要是牟呂渡的發言屬實——這次與以往根本無法比擬。

「哥、哥哥……！他、他該不會……！」

「他和〈比翼〉交手之後，不但活著回來，還竊取了世界最強的劍術嗎!?」

「不、不可能！」

霧子語帶顫抖地反駁有栖院。

她認為不可能是如此，不然——

「為什麼他一開始不使用這個劍術!?」

這是理所當然的質疑。

不過黑乃卻否定了霧子的疑問。

「他不是不使用，只是因為他自己記不清楚，所以沒辦法使用。」

「啊…………！」

霧子聞言，這才想了起來。

昨日離別之際，一輝與八心之間的對話。

「而『記不清楚』也正是他失常的原因。」

「理事長，這是什麼意思？」

「**愛德懷斯的劍術非比尋常**。一般來說，人類的所有行動都與肌肉有所聯繫。但是，這樣是無法使用愛德懷斯的劍術。為了產生『從零到一百』這樣極端的動與靜，聯繫的肌肉必須同時動作，在剎那間集中所有肌肉的力量。然而，為了做到這樣的動作，人類大腦瞬間發出的信號量根本不夠。」

沒辦法對所有肌肉下達指令。

「若要將之化為可能——必須**改變**腦部的神經信號本身。」

必須特別塑造。

塑造出與人類原本具備的神經信號完全不同，情報密度更高、更短的「戰鬥用信號」。

人類是一種構造非常複雜的生物。如果不能順利使用這個信號，是不可能在同一時間、同一個剎那間全力驅使所有肌肉。

「黑鐵和愛德懷斯的戰鬥，速度快到不能錯過任何瞬間。他或許是在那場戰鬥中觸碰到愛德懷斯的劍術，並且獲得了它。就算黑鐵自己的記憶模糊不清，大腦卻依舊記得。」

而像一輝這種等級的劍士，一旦習得優秀的劍術，就會在無意識之中描繪劍術的軌跡。

「正因為如此……當他將集中力提升到極限，勝負關鍵的瞬間，**大腦就會發出『戰鬥用信號』**——但是黑鐵的身體和他本人一樣，已經忘卻那段記憶，所以**沒辦法理解與原本完全不同的信號**。」

「因為身體無法理解，所以才會沒有反應。是這個意思嗎？」

珠雫再次確認。黑乃則是點點頭，回以肯定。

「沒錯。換句話說。愛德懷斯並沒有摧毀黑鐵，倒不如說——事情正好相反。那個男人經過愛德懷斯一戰，產生了爆發性的進化，甚至**連自己的肉體都跟不上**……但這也只到剛才為止。」

一輝直到瀕臨敗北的危機，他的身體總算回想起來，他與愛德懷斯交手之時，獲得了嶄新的力量，以及與肉體出生十六年以來，完全相異的運作方式。

「以超高速空轉的引擎（大腦）與車體（肉體）終於在剛才連結上了，那麼這場比賽的結果可想而知。在近十年以來的〈七星劍王〉當中，諸星雄大的實力稱得上是最強，但他的對手太棘手了。黑鐵與真正的世界第一進行過死鬥，即使他最後輸了，他卻能充分發揮高超的學習能力，獲得了世界第一的劍術。這套劍術早已遠遠超越學生騎士的範疇了。」

他的實力，早已超越這場大賽的水準。

「現在站在諸星面前的男人——**是真正的怪物啊**。」

黑乃是這麼想的。

第一戰的組合，反而是諸星比較倒楣也說不定——

◆◇◆◇◆

「嘎、哈啊……………！」

頰上的冰冷使諸星清醒過來，他的臉頰正靠在戰圈的石板地面上。

（怎、麼？為什麼、我會躺在地上……）

意識中斷得太過突然，諸星仍然無法理解。

自己現在的狀況，以及自己遭到一輝攻擊這件事。

（總之，得趕快站起來。）

倒下的姿勢毫無防備，武術家的本能促使諸星立刻打算起身。

就算不清楚發生什麼事，他的身體依舊反射性地運作。

因此諸星的意識回復之後馬上站起身，就在這瞬間──

「唔、啊啊、啊啊啊啊！」

諸星的側腹彷彿被火燒傷般地劇痛，他立刻痛得發出慘叫。

『諸星選手起身了！但是他的傷勢一眼就能看出相當嚴重！大量出血！雙腳更是顫抖不已！』

諸星聽著播報員解說自己的狀態，以及側腹傳來的劇痛，他終於發覺。

自己身受重傷。

（這、這是怎麼了!?我被砍傷了嗎!?我根本什麼都沒看到啊……！）

諸星腦中一片錯亂，同時他的耳邊──

「我終於懂了……」

傳來對戰對手吐露的低語。

「黑、鐵……你──到底、做了什麼……!?」

他到底明白什麼了？是因為他明白了，才能展現那個速度嗎？

一輝面對諸星的疑問，則是——

「諸星學長，真是抱歉，讓你久等了。」

他微微鞠躬。

「真是、抱歉？」

「是啊……終於、一切終於連接上了。」

一輝口中說的——當然就是昨天的約定。

他要全力以赴，盡其所能地恩將仇報。

他與諸星雄大這名高傲的騎士之間定下的，男子漢的約定。

現在的一輝終於確定，自己能遵守這個約定。所以——

「這樣我就能按照約定，讓你見識真正全力以赴的黑鐵一輝！」

「…………！」

一輝語畢，他的身影便消失在諸星的視野中。

（不見了……！）

——不，一輝並沒有消失。

他那快如火箭般的起步速度，不但放棄了加速過程，並且在提起腳踝的瞬間就已是最大出力，以諸星的動態視力根本追不上一輝。

一輝火速繞到諸星的左側，畫出一道圓弧。

諸星的長槍曾經擊退一輝三次。但現在他卻能輕易穿越長槍的範圍，來到刀劍的間距之中——

「咕啊啊啊啊！」

漆黑疾風吹過諸星左側，同時予以斬擊。

諸星的右手瞬間劃開一條刀痕——

「你這混蛋啊————！」

他立刻回過身反擊。從燒灼般的痛楚看穿一輝的位置，以〈三連星〉飛刺而去。

但是每一擊都只貫穿了空氣。

他回過頭反擊的地方，完全不見一輝的蹤影。

（已、已經不見了…………！）

一輝的速度奇快無比。諸星見狀，頓時語塞。

但是一輝絲毫不給他驚訝的空檔，這次朝著諸星的背部落下一斬。

「呃啊啊啊啊啊！」

『啊——！又中刀了！諸星選手輕易地就讓黑鐵選手入侵到刀劍的間距之間！他完全跟不上黑鐵選手的動作——！〈三連星〉再次刺向空無一物的方向了！』

『這也是無可奈何啊……！他那壓倒性的速度，以及急遽變化的動與靜，我們就算待在遠距離觀看，都幾乎快跟不上。要是他以這樣的速度在眼前移動……肉眼不可能追得上！〈七星劍王〉恐怕已經看不見〈落第騎士〉的身影了……！』

牟呂渡的解說——已經命中事實了。

（可、惡……………！）

諸星的視野出現了難以置信的景象。

數度落下的斬擊。速度快得令人畏懼的步伐，在自己周遭移動的聲響。

敵人明明就在自己身邊——可是——

（這到底是、到底是什麼情況……！）

不論他如何快速轉頭看向聲響的方向，眼前卻**空無一人**。

戰圈之上，彷彿只有自己一人。

這種事可能嗎？真的可能發生在現實之中嗎！

直徑一百公尺左右的平坦圓形戰圈。這個狹窄的空間中，毫無遮蔽物——

——**敵人明明近得能感覺到他的呼吸，諸星卻完全跟丟敵人的身影！**

（不、不好…………！）

諸星感覺到斬擊即將再度落下。

再繼續中刀就完蛋了。

但是以一輝出刀的速度來看，諸星不可能再以長槍防禦。

諸星此時採取的決定便是——

「唔喔喔喔喔喔喔喔喔喔喔喔喔喔喔喔喔!!!」

雙手交叉護住要害。

接著解除〈虎噬〉，一口氣釋放所有魔力，以魔力製成包覆身體的鎧甲。

『這實在太驚人了！那位〈七星劍王〉！日本第一強大又高傲的騎士！竟然捨棄所有自尊與氣概，採取完全防禦姿態啦——!!!』

諸星的魔力並沒有史黛菈那麼高。

因此就算是F級靈裝的攻擊，諸星也沒辦法像她一樣完全使之無效。

但是他藉由釋放所有魔力，能將〈陰鐵〉的斬擊弱化成純粹的打擊。

只要以手臂護住頭部要害，一、兩擊還不至於造成致命傷。

不過他如此姿態，代表他已經完全放棄攻擊，只能堅守原地。

一輝當然能夠毫無畏懼地進攻！

『黑鐵選手沒有錯失這個機會——！他飛速般地奔走，同時從四面八方進行急速斬擊！毫無保留地痛毆啊——！諸星選手完全沒有還手！他已經喪失戰意了嗎!?』

『他當然沒有喪失戰意！〈七星劍王〉已經完全跟丟〈落第騎士〉的行蹤。現在的他只能全力防禦。他現在為了存活下去，正是盡自己所能，拚死搏鬥啊！』

諸星到死都不願放棄比賽，這讓牟呂渡相當佩服諸星的氣魄。不過——

『……即使如此，也應該要中止這場比賽了！』

『竟然要中止比賽！諸星選手已經不可能逆轉局勢了嗎!?』

牟呂渡點頭答道：

『不可能了，兩人的本領差距太大。**諸星選手根本不是黑鐵選手的對手！**』

牟呂渡是國內首屈一指的魔法騎士，甚至曾經在KOK聯賽中進軍A級聯盟。所以他很清楚。

兩人之間的本領，差距大到完全無法比較的程度。

諸星的啦啦隊聽見牟呂渡的解說，頓時大怒。

『爛解說員，你在說什麼鬼話！』

『阿星——！不能放棄啊～～～～！』

當地粉絲們悲痛地吶喊著。但是——

『每當漆黑旋風吹襲而過，諸星身上的魔力鎧甲便漸漸散失！漸漸崩毀！漸漸慘遭粉碎！比賽難不成會就這樣結束嗎？〈浪速之星〉去年曾經稱霸這場大賽，眾人都期待他能完成前所未有的二連霸！難道他會無計可施，就這樣結束嗎——!?』

突如其來的逆轉情節，比賽從此開始便難以置信地呈現一面倒。

C區第一輪第四場比賽出現了難以預料的展開，使得全場陷入興奮與混亂的漩渦當中。就在其中——

身在加油席上的珠雫，忽然見到小梅嬌小的身影，正從會場離去。

她就像落荒而逃一樣。

珠雫看著她的身影，紛紛回想起。

（小梅……）

昨天小梅見到一輝時，露出的複雜神情。

以及她今天一直維持痛苦不堪的表情觀看比賽。

（──────）

珠雫同樣有一個置身於戰場的兄長，她很能理解小梅的心情。

她也知道小梅身上的痛楚，源自何處。

她更清楚──那股痛楚其實是錯誤的。

──等到珠雫回過神來，她已經追著小梅跑去了。

「……我以前也說過了。我最喜歡這樣的珠雫呢。」

珠雫離去之前，聽見有栖院的話語，耳邊微微泛紅──

◆◇◆◇◆

灣岸巨蛋的觀眾席旁，穿過安全門的外圍處。

透過整面光滑呈現圓弧狀的玻璃，大阪灣一望無際。諸星小梅就坐在玻璃窗前的長椅上。

她背對著會場，而大哥・諸星雄大正在裡頭奮戰。

（……大哥……已經、夠了。）

她希望他不要再繼續下去了。

要是他真的為了自己，就不要再這麼做……

諸星從未告訴小梅，自己是為了取回小梅的話語才拚命奮戰。

但是就算他不說，小梅也心知肚明。

所以她更覺得痛苦、難過。

大哥因為自己，不斷受傷、流血——她實在看不下去。

所以她逃走了。

而有人向這樣的小梅搭話——

「您不繼續看比賽嗎？」

……那是追著她而來的黑鐵珠雫。

突然有人出聲對自己說話，小梅有些吃驚地轉過身，目光落在身高與自己相差不遠的珠雫身上。

然後她這才想起來。

（啊……她昨天來過店裡……她好像是……）

現在和大哥對戰的那名騎士，他的妹妹。

為什麼她會在這裡？

明明她的兄長即將打倒自己的大哥，取得勝利了。

小梅不可思議地心想。而珠雫似乎是察覺她的疑問，有些困擾地笑了笑，告訴她自己來此的理由。

「……我有點放不下您呢。同樣身為妹妹……我很了解小梅難過的心情。」

「！」

為什麼她會知道？

小梅雙眼圓睜，凝視著珠雫。珠雫則是——

「我從霧子學姊那邊聽說了，諸星學長會再次振作起來的理由。」

珠雫在小梅身邊坐下，表示自己知道諸星兄妹之間發生的內情。

小梅這才理解了。

原來如此，難怪她會知道自己和大哥的事。

「……小梅的心情，我是感同身受。我也是，最喜歡哥哥了。當我們見到哥哥受傷、流血，一定是難過不已。更別說——**他是為了自己**，那更是痛得肝腸崩裂。」

「…………」

珠雫的話語，準確形容出小梅的心境。

對方都已經說到這個地步，小梅也不想再隱瞞，默默地點點頭。

「他如果是為了自己，您希望他不要再繼續奮戰了，對吧。」

小梅點點頭。

「您絕對不希望自己成了深愛的男人的包袱吧。」

小梅點點頭——

「!?!?」

此時她忽然察覺眼前的女孩說出什麼不得了的話，整張臉頓時漲紅，拚了命地搖頭否定。

自己和大哥絕對不是那種關係。

「咦？不是嗎？不是那種愛？這樣啊……」

（為、為什麼她看起來有點遺憾？）

小梅第一次接觸到未知的愛情，不禁有些困惑。

「算了……就算沒有到那種關係，看到大哥為了取回自己的言語拚命奮戰，自己怎麼能像外人一樣為他加油呢？」

「……」

珠雫的語氣彷彿在安慰小梅，一句句地說道。而她確實說中了小梅的心聲。沒錯。小梅其實……也很想為諸星加油。

以前的她也是如此。

在很久很久以前，諸星還在小學盃奮戰的時候。

小梅總是坐在加油席上，以她嬌小的身體拚了命地為諸星吶喊、加油。
他是自己引以為傲的大哥，比誰都強，比誰都帥。
小梅很喜歡為大哥加油，在加油的時候也覺得很快樂。
但是——現在卻不是。
那場事故改變了一切。
諸星現在會持續奮戰，是為了取回小梅的言語。
那是身為兄長的義務心。
所以，她實在沒辦法為諸星加油。
大哥是那樣為了自己奉獻一切，自己卻一直無法回應他的期待。這樣的自己沒有資格為大哥加油。
——妳到底想對大哥撒嬌到什麼時候？
她總是不自覺這麼想。
所以自從那場事故以來，她就沒辦法打從心底為兄長加油。
於是到了今天——她也無法忍受心中的愧疚，才逃到這裡。
（……這個人全都明白呢。）
小梅有點害羞。
不過……珠雫這麼理解自己，還跑來安慰自己，小梅感受到她的親切。
因此她拿出手機，想要打出訊息對珠雫道謝。

就在此時——

「那又沒什麼關係，您何必那麼在意？」

「……!?」

珠雫接下去的話，使得小梅的手指當場僵住。

她驚訝地回看珠雫。

這也難怪。珠雫明明能充分體會小梅的心情，她卻只用一句話，狠狠把小梅一直以來的煩惱拋到一邊去。

當然，珠雫的話語有她自己的道理。

「這有什麼關係？不管您再怎麼撒嬌，您……不，**我們都是會被允許這麼做的。**」

因為——

「我們是他們的妹妹，而他們是我們的哥哥啊。」

「…………!」

身為兄長，必須要守護弟妹，而弟妹們也會仰賴兄長。

不只是人類，存在於世上的所有動物都會遵循這個定律。那麼——

「我們不需要經過別人允許，只有我們可以盡情地對他們撒嬌。」

她們兩人有這個權利。

「所以我就盡情地撒嬌了。就算哥哥有喜歡的人，就算這麼做會讓哥哥困擾不已，我還是會繼續愛著哥哥……和我的任性相比，小梅的任性還比較可愛呢。妳單純只是一直沒辦法說話，卻還是想繼續為諸星學長加油而已。」

這就是珠雫的理由，也是她來到這裡的理由。

她實在看不下去了。

只因為自己沒辦法好好向大哥撒嬌，這股罪惡感壓得小梅喘不過氣。

珠雫說完想對她說的話。就在同時——

身後的比賽會場傳來龐大的鼓譟聲。

『黑鐵選手再次提高速度了！他加速再加速！打算以攻擊次數一次一次削去諸星選手的魔力護盾！看來他遲早會突破防禦啊！』

「——比賽快結束了呢。我差不多該回去了。」

珠雫說完，從長椅上起身——

「妳該怎麼做呢？不，**妳想怎麼做**？」

「…………」

小梅聽著珠雫的提問，心中滿是疑惑。

她也明白珠雫的意思。

但是自己不但讓大哥遭遇事故，還擅自喪失了言語，讓大哥擔心得不得了。自己真的還能繼續對大哥撒嬌嗎？

她一直以來反覆煩惱，不可能馬上就拋下這個疑惑。

小梅不知道該怎麼辦，心中掙扎不已。但是——

『啊啊！諸星選手的魔力盾終於消失啦——！諸星選手陷入大危機————！』

（大哥……！）

她拋下一直以來糾結的煩惱，雙腳自然選擇邁向大哥身邊。

◆◇◆◇◆

另一方面，戰圈之上，比賽的走向幾乎已經確定了。

『諸星選手向後跳拉開距離——

啊啊！黑鐵選手已經看穿了！逃不了了！

他以〈三連星〉回擊追來的敵人！但是卻落空了！

黑鐵選手的步伐比長槍突刺的速度還快！

第三擊、第四擊、諸星選手反遭斬擊砍傷！血花噴灑在純白的戰圈上頭！

黑鐵選手的斬擊全數命中，而諸星選手的突刺卻連擦傷都不見一個！

當地龐大的啦啦隊看到這一面倒的戰局，也靜悄悄地發不出聲音！

雖然這麼說很失禮，不過我已經很難想像諸星選手能夠逆轉了！

力量相差太多了！實力更是相差太遠了！』

諸星為了護身，幾乎用光了魔力，連發動〈虎噬〉的魔力都沒了，只能勉強以長槍應戰。

但是，他已經連一輝的影子都捕捉不住了。

這樣一來，當然不可能刺穿敵人。

諸星的長槍紛紛落空，只能以肉體承受斬擊，無計可施。

——完全沒得比。

每個人都能輕易看出，諸星即將敗北。

但是，即使如此——

『〈七星劍王〉諸星雄大依舊沒有倒下！他佇立於戰圈中央，屹立不搖啊啊啊啊!!!!』

諸星依舊不肯屈膝，不肯放棄取勝。

（我……我不能輸…………！）

那是——為了小梅？

不。

一開始……確實只是為了身為兄長的義務心。

因為他讓小梅看到自己這麼懦弱的背影，才會傷了她的心，讓她失去言語。

他一定要幫她取回她的話語，諸星是這麼想的。

但是——一旦回到這個地方，這個戰場上，諸星的心起了變化。

他終於想起來了。

自己是多麼熱愛這個充滿戰鬥的世界。

正因為如此，他的心願越發強烈，比任何事物都要強烈地希冀著。

他不只想取回妹妹的話語——

他更想讓心愛的妹妹為他加油。

自己在戰場上作戰，小梅則是為他加油。

就像那個令人懷念的從前，自己想和她一起分享騎士之戰的喜悅。

——這個心願或許有點娘娘腔，但是——

（這對我來說，比什麼都重要。）

所以直到願望實現為止——

「黑鐵，怎麼啦！我還站著啊！放馬過來吧————!!!!」

自己要一直當個強悍的大哥，讓小梅能夠打從心底為他聲援。

他的信念、他的心願，賦予了諸星雄大這個男人不屈不撓的鬥志。

「他的精神力太強悍了……竟然還不倒下……」

即使諸星是名副其實的無計可施，渾身浴血，他依然出口挑釁一輝。珠雫回到原本的位置，看著這樣的諸星，語帶顫抖地說道。

他的鬥爭本能實在太恐怖了。

黑乃也點頭表示同意。

「真不愧是他，難怪他能從無法復原的重傷中重新站起腳步。要擊潰這個男人百折不撓的心靈，恐怕很難。但是他的肉體應該已經到達極限了。魔力完全見底，〈虎噬〉也消失了。他能做出那麼勇猛的挑釁，單純是因為他的雙腳已經動不了了。一輝也很清楚，現在的諸星一點都不恐怖。所以，應該在下一擊就會決勝負了。」

而戰場上的局勢正如同黑乃所言。

一輝的身體迸發出蒼藍的魔力。

宛如火焰般的魔力光芒，裹住了全身。

這就代表著，這場戰鬥即將畫下尾聲。這就是一輝的決心。

『他、他現在使出壓箱底的〈一刀修羅〉啦啊啊啊啊啊!!!〈獵人〉、〈雷切〉、〈紅蓮皇女〉，黑鐵選手以這一招擊敗了多名勁敵，現在他終於使出殺手鐧了——！』

『〈落第騎士〉——他實在是比試中的能手！太恐怖了！他竟然能在最佳的時機

上，使用最佳的手段！〈七星劍王〉早已無法應付他的速度了。我現在能肯定的說，諸星選手已經連萬分之一的勝率都沒有了……』

正如牟呂渡所言。

諸星光是一般狀態下的一輝，就已經完全無法招架了。現在再加上〈一刀修羅〉，將體能提升數十倍，諸星更是毫無反抗的餘地。

一輝以這一手棋，徹底摘除諸星勝利的可能性——

「我將以我的最弱（最強），擊敗〈七星劍王〉——諸星學長，一決勝負吧！」

一輝展開最後的攻勢，準備結束這場延續許久的比賽。

他深深蹲下身軀，接著在剎那之間，往雙腳灌注全部的力道。

腳踝浮起，同時步伐提升至最高速——一輝**宛如飛翔在天空**一般，飛速奔向諸星。

『黑鐵選手進行最後一擊了——！〈七星劍王〉岌岌可危————!!!!』

這裡恐怕是最後的高潮。

負責播報的飯田以今天最響亮的聲音吶喊著。

「〈七星劍王〉預料之外的初戰敗北」，廣大觀眾因為如此大爆冷門而沸騰。

興奮與尖叫足以撼動大地。在這鼓譟的氛圍中——

——小梅想起來了。

她看著兄長即將落敗的身影。

小梅想起今早送諸星出門的時候，諸星對她說的話。

『小梅，妳能對我說句『加油』好嗎？』

（是啊……沒錯………）

不只是自己想為大哥加油。

大哥也希望自己能像以前一樣為他加油，所以才這麼拜託她。

而他的願望是那麼卑微——結果自己是怎麼回應他的？

她在紙上寫上聲援的話語，遞給諸星。

——不對。

他想要的才不是這種紙片。

他想要的是——

『妳該怎麼做呢？不，**妳想怎麼做？**』

於是——

（我想說的那句話就是————）

「大哥————！加油啊——————————!!!!」

小梅把胸口即將溢出的話語，奮力地喊叫出來。

她一直、一直都想這麼說。

自己奪走了哥哥的人生，沒資格說出這句話，所以一直忍耐著。

數年沒有使用的喉嚨彷彿生了鏽似的，嘶啞不已，語不成聲。

但是——

（…………啊啊。）

在足以震撼大地的吵雜聲中，她的話語確實傳進兄長·諸星雄大的耳中。

這是當然的。

他一直等待著這句話，等了無數年了！

「交給我吧啊啊啊啊啊啊啊啊——————!!!!」

——諸星的嘶吼撼動了整個會場。下一秒，他的舉動讓在場所有人跌破眼鏡。

「貫穿一切吧————!!〈虎王〉————!!!!」

一輝使用了〈一刀修羅〉，以自身最快的速度襲向瀕死的諸星。

諸星則是朝著一輝的眉宇間，榨取剩下的所有力量，**全力射出**〈虎王〉！

諸星在這場比賽哩，始終身處於「長槍的攻擊範圍」裡進行戰鬥。

而到了現在，他第一次展現了遠距離攻擊「投擲」。

突如其來的變化，黑乃驚愕地放聲大喊。

「糟、糟了!!!」

為什麼她這麼驚慌？

這一記投擲確實令人意外。他瞄準了敵人的意識死角，非常有諸星的風格。

不過，遠距離的投擲長槍——不可能射中一輝這種程度的騎士。

沒錯，一**般情況之下**，的確不可能射中！

但是**現在這個瞬間卻是另當別論**！

（愛德懷斯的劍術會強大，是來自於零到一百的急遽停滯與發動！同時也代表著，**他不可能中途減速或是變換方向！**）

這是理所當然的。他的移動皆是全速運轉狀態。

這套世界最強的劍術，它的強大是來自於進攻時無與倫比的攻擊力。

但事實上，這套劍術有個致命的弱點，那就是急遽的狀況變化——也就是奇襲！

更別說，現在的一輝用上了〈一刀修羅〉。

以他現在的速度，就算不是使用愛德懷斯的劍術，也快到不可能緊急停止或迂迴。

（也就是說，就算投擲長槍原本對黑鐵無效，但這道攻擊只有現在這個瞬間，才能命中紅心！）

© Won

若要對付這一招，只能以刀劍擊落長槍。

但是——這是不可能的。

因為飛翔中的〈虎王〉上頭閃著金色光芒——**上頭包裹著〈虎噬〉**。

諸星的魔力應該已經見底了。

但是他為什麼能夠使用〈虎噬〉？

答案就在〈虎王〉身上。

〈虎王〉的長柄削去了一半，變成只有短矛大小。

諸星分解了身為魔力結晶的固有靈裝，強行擠出一發〈虎噬〉分量的魔力。

換句話說，這次的投擲——

一輝是不能躲避，也不能格擋！

（諸星這個男人……！他就是瞄準了這一點！）

沒錯，諸星雖然第一次見到愛德懷斯的劍術，他卻在短時間內看穿了劍術的弱點。

所以他從看穿弱點的那一刻開始，就布下了陷阱。

為了讓一輝發動〈一刀修羅〉，以自己無法控制的速度進攻。

諸星割肉刮骨，削減靈魂製造出來。

自己無法招架一輝的巨變，這個虛假的事實。

——染血的偽裝！

而他的偽裝騙過會場中所有的人。

不只是觀眾，就連強如黑乃的騎士也一樣！

（黑鐵已經提升到最高速了！他躲不過這一記投擲！）

黑乃渾身戰慄。

諸星千變萬化的戰鬥直覺，甚至能顛覆自己的預想，瞞騙所有人。

黑乃身旁的有栖院和珠雫也有相同的感受。

（在場所有人都逃不過他的五指山嗎!?）

（這就是……〈七星劍王〉！）

他們徹底了解了。

七星的巔峰，身負〈七星劍王〉之名的男人——日本之頂的真正實力！

——但是就在下個瞬間，會場所有人再次因為震驚而凍結。

〈虎王〉穿梭在空中，當槍尖貫穿一輝的額頭時——

一輝的身影彷彿幻影一般消失了。

（什……麼……？）

諸星頓時啞然。

此時一**道陰影出現在他的上方**。

諸星抬頭一看，漆黑劍士背負著陽光，正從上空揮劍而下。

這是方才他為了閃避〈帚星〉而施展出來的，〈落第騎士〉的七祕劍之一——〈蜃氣狼〉。

一輝這次使用〈蜃氣狼〉的方向不是前後，也不是左右，而是**上下**。

在下方留下自己的殘影，以強化過的腳力飛越上空。

諸星投擲的目標，一開始就只是殘影罷了。

也就是說——一輝很清楚。

諸星會在這個瞬間展開回擊。

為什麼？答案則是——

（…………啊啊，原來如此……）

諸星看著一輝揮刀時的表情，便知道了答案。

他沒有因為諸星上當，就對他展現一絲嘲諷的神色。

一輝的表情——充滿露骨到令人羞澀的**尊敬**。

（你竟然這麼相信我啊…………）

〈七星劍王〉至今布下天羅地網，讓自己吃盡了苦頭。

他不認為這名偉大的王會輕易敗在自己的手下。

這就是諸星的敗因。

黑鐵一輝比在場的所有人，甚至比諸星本人還要尊敬名為諸星雄大的騎士。

諸星染血的偽裝，騙過了會場所有的人。

卻沒辦法騙過一個人，那就是眼前這名騎士。

——於是，在這個瞬間，勝負已定。

一輝落下的同時，順勢揮刀。

現在的諸星在剛才的奇襲上耗盡了全力，武器、魔力，甚至是逃跑的體力都所剩無幾——一輝的刀深深撕裂了諸星的肩膀。

鮮血四散，諸星的雙腳無力地滑落。

就在這途中——

諸星擠盡最後的力氣——搭住一輝的雙肩。

於是，他開了口對他說道。

對超越了自己的這名騎士。

對這名相信自己的強大，直到最後一刻的敵人。

「…………可別輸啊。」

把自己的心願託付給他。

於是……〈七星劍王〉諸星雄大終於倒落地面，同時裁判發出比賽結束的信號，戰鬥迎來尾聲。

◆◇◆◇◆

『比、比賽結束啦啊啊啊啊啊啊——————!!!!
逆轉再逆轉！驚險得讓人無暇呼吸的C區第一輪第四組比賽！
〈無冕劍王〉黑鐵一輝選手贏得了這場死鬥啦——————!!!!
〈七星劍王〉原本即將挑戰前所未有的七星劍武祭二連霸，卻意料之外地在初戰敗北了！
大爆冷門啦——————!!!!』

比賽結束的同時，醫療人員趕緊衝上前，將倒下的諸星搬上擔架。

諸星已經耗盡心力，沒辦法用自己的雙腳走下戰圈。

見到這樣的諸星——為了他特地前來的啦啦隊們紛紛給予掌聲。

『辛苦了——！你幹得太好了！真的太精采了！』

『我從你引退之前就一直支持你到現在……今天的你是最棒的！』

『面對家鄉的英雄失去意識，只能由擔架抬下場，觀眾們給予他如雨般的掌聲。

這名頑強不屈的男人從無法復原的重傷之中重新站穩腳步，至今從未輸掉任何一場比賽，持續立於頂點。〈浪速之星〉諸星雄大，雖說他慘遭擊敗，直到最後他所展現出來的意志，完全不愧對這個只贈與日本最強學生騎士，獨一無二的稱號——〈七星劍王〉！他的身姿實在太雄偉了……！』

另一方面，身為勝者的一輝目送著被人抬走的諸星。

「是，我絕對不會輸——」

他以強烈的感觸，回覆諸星的最後一語。接著轉過身，離開戰圈。

『緊接著就在剛才，〈無冕劍王〉擊敗了去年的七星劍武祭霸者，堂堂正正地進軍第二輪，現在他離開戰圈了。最弱的魔力配上最強的劍術，他的評價是貨真價實的！相信親眼目擊這場勝利的所有人都能肯定。

這名少年——毫不虛言！

他不只是區區的F級。在這場強敵盡出的第六十二屆七星劍武祭，他絕對擁有爭奪頂點的實力！』

『東京的小哥——！你真是太厲害啦！』

『一輝好棒——！』

『你要乘勢獲得優勝啊！你一定做得到！』

「…………」

下場時，掌聲如雨一般落下。

一輝見狀，不禁有些害羞。

（謝謝你們。）

他在心中對著在場的觀眾們道謝，接著走回一開始入場的閘門內。

〈一刀修羅〉的後遺症，以及不同以往的動作引起嚴重的疲勞，使得他的步伐有些沉重。

但是他的背影沒有絲毫的彎曲。

他為自己感到驕傲——自己勝過了那名強悍的騎士。

這場勝負有太多不安要素了。

自己走出準備室的時候，怕得不得了。

但是——他贏了。他贏了七星劍武祭，宛如鬼門般的第一輪了！

還剩下四場。只要再贏四場比賽，他就能抵達那個地方。

自己一直以來的目標，滿懷憧憬的場所——

（七星之巔……已經不遠了！）

一輝體會著這份感受，穿越閘門準備離場。

而——就在閘門內側——

啪啪啪……

一道人影拍著手，緩緩走來。

「看吧，果然贏了。」

「…………！」

準備室到閘門間的通道沒有照明。

所以閘門之中漆黑無比。

那道人影和一輝還有段距離，他看不清楚人影的面孔。

但是一輝不需要看到人影的模樣。

他只要聽著那道嗓音，馬上就能知道對方是誰。

沒錯，從閘門內側走來的人——

「這也是當然的呢。因為能夠擊敗〈無冕劍王〉的人，是我。」

這名少女有著一頭熊熊燃起的紅蓮赤髮，雙眸宛如紅寶石般美麗。

她就是〈紅蓮皇女〉史黛菈・法米利昂。

破軍學園壁報

角色介紹精選　　文編・日下部加加美

YUDAI MOROBOSI
諸星雄大

■PROFILE

隸屬：武曲學園三年級

伐刀者等級：B

伐刀絕技：虎噬（Tiger Bite）

稱號：七星劍王

人物簡介：去年度七星劍武祭霸者

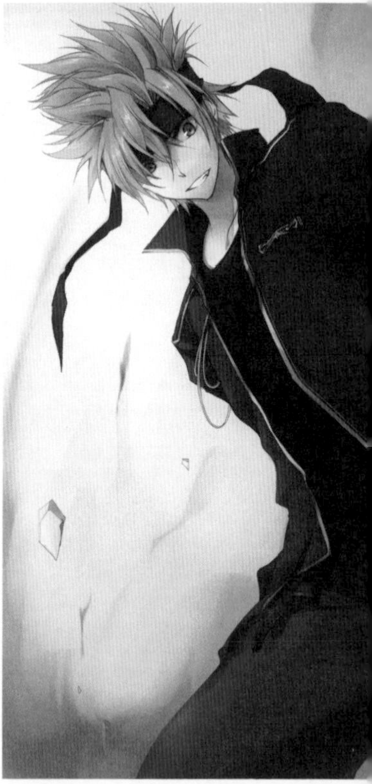

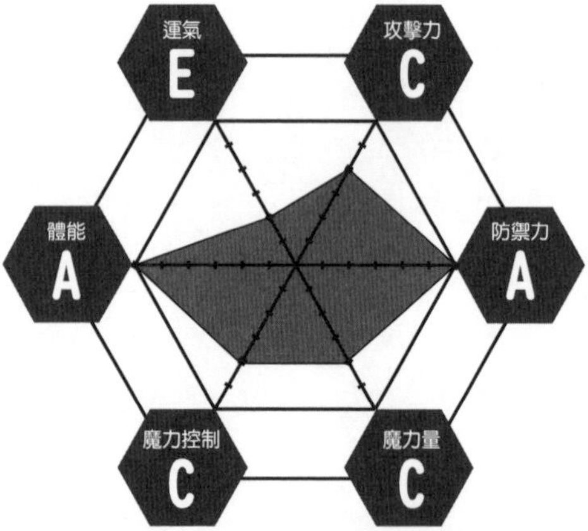

加加美鑑定！

無人不知無人不曉的〈七星劍王〉。他擁有超稀有的伐刀絕技〈虎噬〉，能夠吞噬魔力。這個能力相當方便，面對所有伐刀者都是占盡優勢呢。

他是一名頭腦派選手，以這身方便的能力以及卓越的槍術為軸心，構思出層層相疊的縝密策略。他在勝負關鍵之時，總是能從對手意識的死角，狠狠咬住敵人的喉嚨。簡直像一隻野生的大老虎呢。

終章 好戲登場

黑鐵一輝成功擊敗〈七星劍王〉，進軍第二輪比賽。

而在閘門面前等著他，並且給予祝福的人，正是他的戀人——〈紅蓮皇女〉史黛菈・法米利昂。她因為新幹線延遲，至今才趕到會場。

『那、那是……！〈紅蓮皇女〉史黛菈・法米利昂選手！史黛菈選手終於抵達會場了！』

『喔喔！真的啊！是〈紅蓮皇女〉本人啊！』

『她的頭髮真的是鮮紅色的呢。真漂亮……』

『她的身材很修長啊，是說她的腿好長啊……！』

紅髮美少女緩緩從閘門現身，一時之間歡聲四起。

這陣歡呼絕不亞於諸星登場時的歡呼。

A級騎士就是如此受到矚目。

不過最因為她的登場而感到開心的人，無疑就是——

「史黛菈……太好了，妳已經到了啊………」

這名叫作黑鐵一輝的男人。

他雖然慶幸史黛菈及時到場，但更令他開心的是……兩人久違的重逢。

胸口一陣火熱，比身上的傷口還熱。

他站在史黛菈的面前，才更能感受到。

自己究竟有多麼眷戀著她。

「其實我本來打算在比賽前抵達的，結果落石塞住鐵路了，我花了一大段時間才**把落石清除乾淨呢**。新幹線的前端乾脆裝個鑽子就好了，看起來也挺帥的。」

「哈哈……妳真是倒楣啊……」

（不過她說清除落石……）

該不會是用人力吧？

（……嗯，還是不要問詳細情況好了。）

「不過這對手還真厲害呢。我雖然只看了最後的部分，但也能充分感受到對方的強大。」

「是啊………不過，我贏了。接下來輪到妳了。」

「是啊，我知道。」

史黛菈立刻回應了一輝。

她的眼瞳中閃爍著炙熱的自信。

之前她在昏迷的刀華面前，露出那副自信全失，令人心痛的身影，現在已經消失無蹤了。

看來她與西京的修行，得到了令她滿意的結果。

（太好了……………）

一輝打從心底放下了心。史黛菈越過一輝身旁，站在觀眾面前。

以她響亮的嗓音高聲喊道：

「非常抱歉，我遲到了！史黛菈・法米利昂，現在抵達會場了！」

她向在場的所有人告知自己的到來。

『史黛菈選手非常有精神地為自己的晚到道歉了。真是有禮貌，令人心生好感呢。』

『不過，既然史黛菈選手已經抵達，延後的比賽該在哪裡進行呢？』

『正好就在剛才，營運委員們正在進行協議。或許有可能直接延後到最後一場，又或者是趁著C區比賽全數結束，緊接著進行她的比賽也說不定……哎呀，有人通知我協議已經結束了。在場的各位來賓，關於原本延期的B區第四場比賽，營運委員會將會直接發表結果，請各位看向大螢幕。』

會場的人們順著負責飯田播報員的指示，一起看向巨蛋內的巨大螢幕。

螢幕中出現一位禿頭的老人。

『啊、是海江田。』

『真的耶！是〈審判天雷〉海江田勇藏！』

主要是年紀超過四十歲的觀眾們見到禿頭老人的身影，顯得興奮不已。

因為這名老人正是活躍於這些觀眾的世代，是他們的勇者。他曾以〈審判天雷〉的稱號，在KOK．A級聯盟賽獲勝。

而這位昔日的勇者，現在則是掌管本次大賽的營運委員會。

海江田代表委員會，公布協議結果：

『呃——現場各位來賓，以及各位選手，大家好。我是第六十二屆七星劍武祭營運委員會委員長，海江田。由於史黛菈．法米利昂選手遲到，導致B區第四場比賽延期。而這場比賽究竟該在何時舉行，營運委員會的成員們剛才已經討論完畢，請容我現在發表協議結果。B區第四場比賽將會接續本場比賽之後舉行。』

協議的結果，就如同飯田播報員事前預想的一樣。

據海江田所言，C區的比賽已經全部告一段落，所以在場人員一致決定緊接著舉行比賽。

待他說明完之後，禮貌上還是要先取得選手的首肯。

『——史黛菈選手，妳有任何異議嗎？』

「我沒關係。」

史黛菈立刻就回覆了。

原本就是因為她遲到，比賽才會延遲。

不論委員會做出什麼決定，她都不打算反駁。

不過——

「我這裡問題才大了呢。」

相對於史黛菈爽朗洪亮的嗓音——一道冷冽如冰的嗓音，在喧鬧之中顯得特別清晰。嗓音的主人對於這個決定表達不滿。

而聲音的主人——當然只有一個人。

磨缽狀的巨蛋內，一名有著灰金色髮絲的女性，從觀眾席一躍而下，無聲無息地落在下方十公尺左右的人工草皮——她就是〈冰霜冷笑〉鶴屋美琴。

「委員長，我很困擾呢。您怎麼撇開我，直接決定了呢？」

『不不、我當然也打算跟妳確認了。不過，問題是直接接續下場比賽，妳是否會覺得有困難？如果是這樣，當然也可以改為今日最後一場比賽。這次的延期，錯並不在鶴屋選手身上，所以營運委員會這一方當然願意靈活地應對妳的要求。』

但是鶴屋聽完海江田的解釋，卻搖了搖頭。

他根本不懂。

而且他根本大錯特錯。

鶴屋會主動提出異議，並不是對比賽的時間有意見。

「比賽要接續進行是沒什麼關係。但是——大賽對於遲到的選手竟然沒有任何罰則，我無法接受。我希望委員會能針對史黛菈選手的遲到行為，予以處罰。」

鶴屋隔著戰圈指向史黛菈，這麼要求道。

觀眾們見狀，紛紛騷動不已。

『喂喂，這是什麼要求啊。』

『這樣很沒有騎士風度喔！堂堂正正的戰鬥啦！』

大多數觀眾不希望比賽附上什麼罰則。

年輕騎士們堂堂正正，全力以赴地對決。

他們希望看到這樣的比賽。

也有小部分人支持鶴屋的主張，他們的聲音此起彼落地傳來：『咦？美琴說得也沒錯啊？』、『沒錯，明明就是擅自遲到的人不對，有處罰也很合理吧。』不過大多數的人都否定了鶴屋的要求。

不過鶴屋毫不動搖。

她的臉上掛著冰冷略帶嘲諷的冷笑，堅持自己的主張。

（哼！要罵要喊隨便你們。不過就算是受盡冷嘲熱諷，我也不會退縮。）

〈紅蓮皇女〉史黛菈・法米利昂。

要是兩人正面對峙，鶴屋根本毫無勝算。

所以她要活用對自己有利的局勢。

就算因此受人厭惡——只要獲勝就行了。

唯有勝利，才是騎士的價值。

這就是〈冰霜冷笑〉鶴屋美琴的想法。從某方面來說，她和一輝、諸星一樣，充分理解「騎士」的本質。

但是鶴屋的主張卻稍稍站不住腳。

『嗯……大賽中對遲到者施予處罰也是有前例在的。不過那全都只限於惡劣的延遲行為，或是選手事前毫無聯絡就遲到。這次史黛菈選手的遲到是因為落石，導致新幹線誤點，這點委員會已經確認過了，所以我們認為不需要懲罰這次遲到——若是真的要處罰史黛菈選手，營運委員會認為讓她抵達後馬上進行比賽，就已經是十足的懲罰了。』

「唔……！」

事實上，就算鶴屋沒有提出異議，營運委員會的成員們也討論過史黛菈的處分。

但是按照前例，他們判斷並沒有這個必要。

所以鶴屋的主張是不夠充分的。

沒錯——除非——

「不、這樣的處罰並不充分。」

除非史黛菈・法米利昂自己要求處分。

「史、史黛菈!?」

史黛菈突如其來的行動，讓身旁的一輝吃驚地瞪大雙眼。

史黛菈毫不在意，繼續說道：

「〈冰霜冷笑〉的主張是相當合理的。話又說回來，要是我能像其他選手一樣，在前一天就抵達會場，就不會捲進這次因落石引發的誤點——很明顯是我的疏失，所以應該要有所處罰才是。」

除了一輝以外，觀眾、營運委員會——

在場所有人全都啞口無言。

這也是當然的。七星劍武祭的賽制屬於淘汰賽，不允許任何失敗，怎麼會有選手特地惡化自己的立場。

『還真是令人吃驚啊。沒想到竟然會從妳的口中聽見這番話……』

海江田如此驚呼道。史黛菈則是理所當然地點了點頭。

「就算鶴屋選手沒有提出處分的事，我原本就打算自請處分。法米利昂皇族非常重視公正與誠實，我一開始就不打算逃避遲到的處罰。」

『嗯，原來如此……』

「……所以關於下一場比賽，我有個提議。」

『妳是說提議嗎？』

「是的。要是就這樣舉行比賽，對沒有遲到的鶴屋選手太不公平了。所以希望能在我和鶴屋選手的比賽裡，追加特別的規定，做為我的處罰。

——具體而言，我希望下一場比賽，包括鶴屋選手在內的**所有殘存的B區選手**對上我一個人，進行四對一的特別比賽。」

『妳、妳說什麼!?』

海江田聽完史黛菈提議的處罰，不禁拖著滿是皺紋的喉嚨發出悲鳴。

當然，吃驚的人不只是海江田。

巨蛋內所有觀眾同時發出驚呼。

『喂、喂喂喂，這位公主殿下到底在胡說什麼啊……！』

『就算是處罰，也要有個限度啊!?』

每個人聽見這個內容，都以為自己聽錯了。

鶴屋雖然知道這個處罰內容對自己有利，但還是不禁想回問史黛菈：

「妳、妳是認真的嗎……!?」

史黛菈則是笑著點點頭。

她一改面對年長的海江田時的敬語，轉為同齡少女之間比較輕鬆的口吻。

「我當然是認真的。按照其他比賽的規定，遲到可是相當重大的過失，甚至有可能當場失去比賽資格。只要想到這點，這麼點處罰也是理所當然的吧。當然，也要我以外的所有人都同意才行囉。」

她一派輕鬆地答道。

史黛菈身後的一輝，則是臉色發青。

（糟、糟了……！）

為什麼他會臉色難看？理由除了史黛菈說出口的胡來處罰以外——

最糟糕的，就是因為處罰參加戰鬥的特別來賓們。

早就結束B區第一輪比賽的三個人……

（全都是「曉學園」的成員！）

其他選手是不太可能答應這個處分。

那是當然的，自己明明已經贏了，憑什麼要為了鶴屋，和史黛菈對戰一場。

他們沒道理這麼做。

但是——曉學園例外。

他們是為了稱霸七星劍武祭這件**工作**，由非聯盟勢力雇用來的——傭兵。

當然，純粹活躍於七星劍武祭這件事本身，他們根本不放在眼裡。

自己這群人之中，只要有一個人留到最後，贏得決賽即可。

既然如此——

（這麼占便宜的條件，他們一定會答應…………！）

王馬可能稱得上是曉學園的最強戰力。而史黛菈更是和王馬同等級的A級騎士。

他們能以四對一這麼壓倒性有利的條件，與她戰鬥。

再也不會有比這更好的機會，能夠擊潰史黛菈。他們——當然不可能錯過。

而一輝的預感——

「呵呵呵呵……這還真是有趣啊。」

理所當然地命中了。

〈小丑〉平賀玲泉坐在觀眾席上，聽見強敵這般自滅性發言，他的笑聲裡滿是藏不住的愉悅。

「七星劍武祭這樣的大賽裡，每個對手都是難纏至極。但是妳為了懲戒自己，主動要求四對一的比賽。真不愧是傳說中的〈紅蓮皇女〉，氣魄就是不一樣呢。」

他從觀眾席上跳下，降落在鶴屋美琴身旁。

「不過是個空有怪力的無腦戰士，還真說得出口啊。」

「嘻嘻嘻……赤紅的公主啊，說出來的話可就吞不回去囉。」

緊接在平賀之後，以防寒衣遮住容貌的少女——〈不轉〉多多良幽衣，以及騎在黑色獅子身上的少女——魔獸使（Beast Tamer）風祭凜奈，也一起跳下到鶴屋身旁，與史黛菈對峙。

他們以行動表達了他們的意思。

「我們『曉學園』也沒有異議，我們願意為了大會營運的公正性出一份心力。」

『唔、唔嗯，原來如此……鶴屋選手意下如何？』

「……如、如果是這樣的條件，我也沒有意見。」

最重要的鶴屋雖然回答得有些勉強，或許是因為條件好到她自己都不奢望。

但即使如此，她還是贊成了。

『唔嗯……』

螢幕上的海江田獲得選手們所有人的首肯，眉間更是深深皺起。

『喂、喂喂，他在猶豫什麼啊？該不會真的打算允許這麼誇張的處罰吧!?』

『四對一根本稱不上是比賽！只是純粹的凌遲啊！』

『不，說到底，一開始提出這個條件的可是史黛菈啊。』

『感覺很有趣耶。就讓他們打吧！』

海江田正在仔細考慮，而同時觀眾席也陷入奇妙的興奮。

史黛菈的提議太過異想天開，如此誇張的特別規則似乎挑起了觀眾們的好奇心。原本對鶴屋要求處罰感到面有難色的觀眾們，也慢慢對這條特別規則表示肯定。其中，甚至連意見不同的觀眾們也開始互相起口角。

就在這般喧譁持續了一分多鐘左右。

海江田睜開雙眼——

『我明白了。既然選手們毫無異議，那麼就允許史黛菈選手的提議，舉行這場附加處罰的特別比賽。』

他以營運委員長的身分，下達號令。

『真的假的啊！』

『營運委員會在想什麼啊!?』

『請肅靜！肅靜！七星劍武祭的主角是學生騎士，偶爾會在選手雙方同意的情況，追加特別規則，這並不稀奇。雖然就處罰的內容而言，確實有些太過度，但這也是史黛菈選手本人的提議，我們就按照一般規則處理。』

一部分觀眾紛紛開始起鬨。海江田安撫觀眾之後，再次向兩人確認。

『那麼讓我再次確認規則，史黛菈選手的勝利條件，除了擊敗鶴屋選手以外，也必須擊敗其他B區選手的成員：平賀選手、風祭選手、多多良選手，總計四名成員。鶴屋選手的勝利條件則是自己或是特別成員之一擊敗史黛菈選手——這樣如何呢？』

對此，兩位選手則是：

「這樣就可以了。」

「好的，感謝委員長的寬容大量。」

雙方都承諾接受這場特別比賽。

那麼，營運委員會的工作就此結束。

『嗯……那麼飯田，之後就交給你了。』

『咦？啊、是！』

海江田將主持權交還給負責播報的飯田，從螢幕上消失了。

一開始，飯田面對這超脫常理的狀況，還帶著明顯的動搖——

『呃、呃——這、這下事情不得了了。

我擔任實況播報的工作很長一段時間，不過還是第一次播報四對一的公開賽呢。

但既然選手雙方都同意，營運委員會也提出許可了，就讓我好好為各位播報下去吧！』

他馬上振作起來，播報的語氣和主持一輝等人的比試時一樣，開始主持比賽的進行。

『那麼B區第四場比賽，史黛菈．法米利昂選手與鶴屋美琴選手的比賽即將開始！兩位選手，以及特別來賓的選手們，請到戰圈上集合！』

「那麼我走囉。看你很累的樣子，你可以直接去睡覺沒關係喔。反正這場比賽應該沒什麼看頭。」

史黛菈聽從飯田的指示，最後回頭看向一輝，豪邁地這麼說道。

她明明一次要面對去年前八強之一的〈冰霜冷笑〉鶴屋美琴，以及地下社會的三名傭兵，她卻笑得很燦爛，彷彿期待慶典的小孩一樣。

一輝不太懂她為什麼會這麼笑著。

「……史黛菈……妳為什麼要特地增加自己的風險……」

她只要不說話，根本不需要接受懲罰。

史黛菈的行動不管怎麼看，都對她沒有絲毫益處。

至少一輝只能這麼認為。

所以他耐不住心中的疑惑。

為什麼史黛菈要這麼做？

「妳肯定自己同時面對他們四人，有勝算嗎？」

史黛菈輕輕搖了搖頭。

「我不知道。至少還沒到『肯定』這種程度……而且我根本不知道他們的能力是什麼。」

「那麼為什麼要……………」

「因為，**我非得這麼做不可**。」

史黛菈輕聲低語，同時，她注視著遠方……螢幕上的海江田消失之後，取而代之的是七星劍武祭的淘汰賽程表。

其中，她惱怒地看著B區——明天即將舉行的第二輪第一場比賽的組合，這麼說道：

「要是就這樣繼續下去，第二輪的B區第一場比賽，曉學園的平賀和風祭肯定會碰頭。他們到時候一定會先談好，讓其中一人脫離比賽。」

事情肯定會這麼順理成章。

一切就像方才所說的，曉學園的成員不是普通的學生，而是傭兵隊伍。

他們對於個人在七星劍武祭之中的榮耀，根本毫無興趣。

因此他們一定不會把同伴的體力浪費在無謂的鬥爭上。

毫無疑問——在隔天的B區第二輪第一場比賽中，〈小丑〉或〈魔獸使〉其中一人肯定會主動讓出勝利，另一方連戰鬥都不會進行，直接棄權。

這種事——

「……我才不允許。」

「史黛菈…………」

話說到這裡，一輝已經明白了。

史黛菈為什麼會愉快地主動提出那麼誇張的規則。

她真正的理由，才不是海江田聽見的那樣，只是因為皇族的誠實之類的漂亮話。

史黛菈的目的只有一個——

「這些傢伙把我們的學園、我們的同伴害得遍體鱗傷，我怎麼能讓他們毫髮無傷地從眼前消失……我絕對不允許。」

刀華以及綾辻等人，他們既然傷了史黛菈重要的好朋友，史黛菈就要毫無保留地全數奉還。

「——看我把你們全都燒成焦炭，一個不留！」

她低沉地喃喃自語……彷彿即將噴發的火山口，岩漿沸騰的聲響。史黛菈邁開步伐。

自從那場襲擊之後，她壓抑已久，無處發洩的憤怒。紅蓮髮絲彷彿呼應著這股憤怒，閃耀著火星，燐光四散。

她的視線不偏不倚地瞪向早已身處戰圈之上的曉成員們。

© Won

（…………）

一輝覺得這樣的史黛菈，可能太過激動了。

但那是來自於她的溫柔，以及為了朋友的憤怒，他並不打算插嘴。

因此他只能靜靜地目送史黛菈遠去。

（我只能相信她而已。）

相信史黛菈歷經西京的修行，得來的力量──

（加油啊，史黛菈……！）

『那麼，現在開始進行B區第四場比賽──！LET's GO AHEAD!!!!』

於是，異於以往的比賽一觸即發。

後記

非常感謝各位購買落第騎士英雄譚第五集。

我是作者海空陸。

我是在七月寫下這篇後記的。哎呀~日本的夏天還是老樣子，又悶又熱，非常難過。

海空的房間不但沒有冷氣，也沒有電風扇，實在不是什麼舒服的工作環境啊。

但是我只要再待一個月就好了。

海空這次將要搬出從小學以來居住的老家，更獲得了夢寐以求的專屬冷氣與專屬電視機。哇咿~

而且這次的住家可以養寵物，真期待。

貓咪，好想養貓咪。

下一集開始，後記可能都會寫滿貓咪的趣事，這也沒辦法呢。

好了，在這一集裡，七星劍武祭終於正式展開了。

一輝才剛突破鬼門關的第一輪，史黛菈又搞出了一大堆事。一輝和史黛菈究竟能不能從滿是強者的七星劍武祭中脫穎而出，在決賽再次相見呢？兩人戰鬥的軌跡。

我會努力地寫下去，希望各位能一起快樂地關愛兩人的進展。

那麼，幫忙我一起鑽研字句的編輯。

總是為本書畫下美麗插圖的ＷＯＮ。

以及支持落第騎士英雄譚的各位讀者。

這次也非常謝謝你們。

希望你們能繼續支持本作！

機巧少女不會受傷
海冬零兒 著
LLO 繪
9 機巧少女不會受傷
Facing "Star Gazer"
Reiji Kaito 海冬零兒
插畫・LLO
10 機巧少女不會受傷
Facing "Target Gold"
Reiji Kaito 海冬零兒
插畫・LLO
11 機巧少女不會受傷
Facing "Doll's Master"
Reiji Kaito 海冬零兒
插畫・LLO
機巧少女
Reiji Kaito
海冬零兒
插畫・LLO

超人氣農業學園爆笑愛情喜劇！
現在正是收成的秋季——

NO-RIN
農林

白鳥士郎 著

繪 切符

BOY·MEETS·HEART!

鳥羽 徹 著
H_2SO_4 繪

徵稿

輕小說
BL 小說 **徵稿中**

尖端出版誠徵輕小說／BL 小說稿件。錯過了一年一度的浮文字新人獎嗎？現在也有常設性的徵稿活動囉！歡迎對寫作有熱情的朋友，一起來打造臺灣輕小說／BL 小說世界！

1. 投稿內容：

★以中文撰寫，符合尖端出版定義之原創長篇「輕小說／BL 小說」。
★題材、形式不拘，但不得有過當之血腥、色情、暴力等情節描寫。
★稿件需為已完成之作品，字數應介於 80,000 字至 130,000 字間（含全形標點符號，以 Microsoft Word「字數統計功能」之統計字元數（不含空白）為準）。
★投稿時請註明：真實姓名、筆名、聯絡方式（手機、地址）、職業。
★投稿時請提供：個人簡歷（作者介紹）、人物介紹、故事大綱及作品全文，以上皆請提供 WORD 檔。

2. 投稿資格： BL 小說投稿需年滿 18 歲；輕小說無投稿資格限制。

3. 投稿信箱： spp-7novels@mail2.spp.com.tw

★標題請註明：【投稿輕小說／BL 小說】作品名稱 by 作者名
★審稿期約為二～三個月，若通過審稿，編輯部將以 EMAIL 回覆並洽談合作事宜；未通過審稿者恕不另行通知。

4. 注意事項：

★投稿者需擁有作品之完整版權。
★不得有重製、改作、抄襲、仿冒或其他侵害他人權益之情事。
★請勿一稿多投。
★若有任何疑問，請直接 EMAIL 至投稿信箱，勿來電洽詢。

尖端出版

浮文字

落第騎士英雄譚 5

（原名：落第騎士の英雄譚5）

著　者／海空陸
封面插畫／ＷＯＮ
譯　者／堤風
發行人／黃鎮隆
副總經理／陳君平
文字校對／施亞倩
副　理／洪琇菁
國際版權／黃令歡
執行編輯／曾鈺淳
美術編輯／陳又荻
企劃宣傳／邱小祐
內文排版／謝青秀

出版／城邦文化事業股份有限公司　尖端出版
台北市中山區民生東路二段一四一號十樓
電話：（〇二）二五〇〇七六〇〇
傳真：（〇二）二五〇〇二六八三
E-mail：7novels@mail2.spp.com.tw

發行／英屬蓋曼群島商家庭傳媒股份有限公司城邦分公司　尖端出版
台北市中山區民生東路二段一四一號十樓
電話：（〇二）二五〇〇—七六〇〇（代表號）
傳真：（〇二）二五〇〇—一九七九

中彰投以北經銷（含宜花東）／楨彥有限公司
電話：（〇二）八九一九—三三六九
傳真：（〇二）八九一四—五五二四

雲嘉經銷／智豐圖書股份有限公司　嘉義公司
電話：（〇五）二三三—三八五二
傳真：（〇五）二三三—三八六三

南部經銷／智豐圖書股份有限公司　高雄公司
電話：（〇七）三七三—〇〇七九
傳真：（〇七）三七三—〇〇八七

一代匯集／香港九龍旺角塘尾道六十四號龍駒企業大廈十樓B&D室
電話：（八五二）二七八三—八一〇二
傳真：（八五二）二七八二—一五二九

馬新經銷／城邦（馬新）出版集團Cite (M) Sdn. Bhd.
E-mail：cite@cite.com.my

法律顧問／王子文律師　元禾法律事務所
台北市羅斯福路三段三十七號十五樓

二〇一五年五月一版一刷
二〇二〇年二月一版五刷

■中文版■

郵購注意事項：
1. 填妥劃撥單資料：帳號：50003021戶名：英屬蓋曼群島商家庭傳媒(股)公司城邦分公司。2. 通信欄內註明訂購書名與冊數。3. 劃撥金額低於500元，請加附掛號郵資50元。如劃撥日起 10～14日，仍未收到書時，請洽劃撥組。劃撥專線TEL：(03) 312-4212 ・ FAX：(03) 322-4621。E-mail：marketing@spp.com.tw

國家圖書館出版品預行編目資料

落第騎士英雄譚5 / 海空陸 著 ; 堤風譯.
—1版.—臺北市：尖端出版, 2015.05
面 ; 公分.—(浮文字)
譯自:落第騎士の英雄譚
ISBN 978-957-10-5552-7(第1冊：平裝)
ISBN 978-957-10-5650-0(第2冊：平裝)
ISBN 978-957-10-5806-1(第3冊：平裝)
ISBN 978-957-10-5839-9(第4冊：平裝)
ISBN 978-957-10-5968-6(第5冊：平裝)

861.57 103003318